KB082919

비 인터뷰

이재은

비
인터뷰

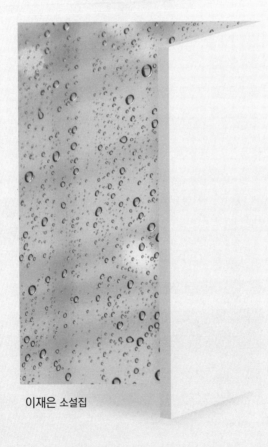

이재은 소설집

아시아

차례

팔로우

우치는 종종 트위터에 "말 허투루 하면 입 찢어진다"거나 "남자 큰 거 너무 밝혀도 입 찢어진다" 같은 말을 남겼다. "출연료가 오르면 연기력도 상승한다", "잠깐 나왔다 사라지더라도 제 몫 톡톡히 하는 사람들이 조연이다. 조연을 무시하지 말자" 같은 말도 우치가 했다. 그때마다 조금씩 팔로워 수가 늘었다. 조감독은 전화로 '은은한 셀럽' 운운했다. 촬영 하루 전날 연락한 걸 보면 대타가 분명하지만 우치는 알면서도 모른 척했다. 그나저나 셀럽…… 셀럽이라니. 인생 56년, 연기 인생 30년 만에 처음 들은 표현이었다. 우치는 자리에서 벌떡 일어나 90도로 고개를 숙였다. 감사합니다. 감사합니다.

우치는 몸에 꼭 맞는 소파에 앉아 있었고, 이따금 위스키를 마셨다. 입안을 촉촉이 적실 정도의 적은 양이었다. 벽난로에서 통나무 타는 소리가 났다. 탁- 투드득- 타닥-, 사운드는 고르게 들렸다. 난로가 등 뒤에 있었기 때문에 우치는 옐로와 화이트가 만들어 내는 불꽃 춤을 볼 수 없었다. 보고 있었다면 분명 빠져들었을 것이다. 30분이고 한 시간이고, 넋 놓고 바라보았을 게 틀림없다. 탁- 투드득- 타닥-. 완전히 마르지 않은 통나무가 불협화음을 내거나 카펫 위로 재가 튀는 일은 없었다. 당연했다. 벽난로는 가짜였으니까. 설마 열 시간 이상 한 번도 꺼지지 않고 불꽃이 타올랐다고 믿은 시청자는 없겠지? 벽난로는 가짜였지만 우치는 진짜였다. 블루진에, 브라운과 레드, 아이보리가 섞인 체크 남방, 노랑 계열의 도톰한 재킷을 입었다. 곱슬머리는 단정하게 빗어 넘기고 얼굴에 엷게 파운데이션을 발랐다. 가죽소파 옆에 금색으로 칠한 원형 테이블이 있고, 그 위에 마개를 딴 위스키가 한 병 놓여 있었다.

생방송이지만 카메라가 이동하거나 몇 대의 카메라를 번갈아 잡을 필요도 없는, 그야말로 연출이랄 게 없는 방송이었다. 조감독은 잘 해보자는 인사를 남긴 뒤 사라지고 촬영팀 막내가 이따금 스튜디오에 들어와 카메라가 잘 돌아가는지 체크했다. 우치는 모니터를 응시하고 일정한 간격으로 호흡하면서, 빛나는 눈빛을 하고, 세상에 다시없는 도전에 맞서는 양 프로로서 역할을 충실히 했다.

촬영은 크리스마스이브 오후 다섯 시에 시작했다. 우치는 아침부터 물 한 모금 마시지 않았다. 미국의 크리스마스 특집 방송 〈Yule Log〉를 패러디해 채널WY에서 특별 편성한 프로그램이었다. 조감독에게 전화가 왔을 때 그는 흔쾌히 하겠다고 했다. 첫째, 일이 없었기 때문이다. 둘째, 돈이 없었기 때문이다. 셋째, 시간이 있었기 때문이다. 넷째, 심심했기 때문이다. 다섯째, 외로웠기 때문이다. 여섯째, 재미있을 것 같았다. 마지막으로, '트위터리안'으로서 한 번쯤 소셜네트워크 세계에서 주목받고 싶었다.

〈Yule Log〉는 1966년 12월 24일 미국에서 처음 방송됐다. 통나무 타는 것만 보여주는, 단순하다 못해 어이없는 콘셉트였는데 그럼에도 인기가 많았다. 초반에는 장작 태우는 것만 클로즈업으로 잡아 송출했는데 언제부턴가 사람이 그 옆에 앉아 있기 시작했다. 죽은 생물처럼, 인형처럼 앉아만 있었다. 존재감이 있기도 하고 없기도 했다. 한 시간, 두 시간, 해가 갈수록 인간들이 버티는 시간이 길어졌고……. 한국의 채널WY 조감독은 우치에게 열 시간 이상 가만히 있으라고 요구했다. 콜. 기다리는 거라면 자신 있었다. 주연배우는 배역에 몰입하기 위한 자기만의 '콜 타임'이 있지만 조연에게 그런 특권이 있을 리 없었다. 우치는 주연배우들이 감정을 잡고 움직이길, 스태프들이 안전하게 촬영 준비를 마치길, 날씨가 좋아지길 기다리는 데 인이 박인 사람이었다. "영화 촬영할 때 잠깐 나오는 장면을 위해 얼마나 오래 기다려 봤느냐"는 기자의 질문에 10년쯤 걸렸다고 대답한 적이 있다. 데뷔 후 10년간 시체8, 죄수7, 노숙자3, 식당 손님2, 똘마니4, 행인3, 취객8, 극장 손님11 같은 역할을 했다. 잠깐 스크린에 나오는 것과 대사를 외워서 나오는 건 하늘과 땅 차이였다. 대사를 한두 마디 치면서 '잠깐 나오는 데' 10년이 걸렸다.

그의 이름은 김우치. 사람들은 그를 '명품 조연'이라고 부른다. 올해 쉰여섯 살이 됐다. 〈세기말의 대결〉, 〈더 씽〉, 〈캡〉, 〈아빠는 못 말려〉, 〈푸들푸들 마녀 상점〉 같은 영화에서 청소용역 반장, 교도소 간부, 중소기업 사장, 일수쟁이, 알코올의존증 아빠 등을 연기했다. 교장과 목사를 맡은 적도 있는데 직업만 좋았지 학생들을 '시선 강간'하고 선생들에게 꼰대 같은 소리를 늘어놓거나, 자기 도취에 빠져 똥 싸는 설교를 지껄여대는 인간이었다. 감정이입이 안 돼서 아주 애를 먹었다. 배우와 배역은 엄연히 다른데도 심정적으로 와닿지 않는 캐릭터를 연기할 때면 적잖이 마음고생을 했다. 그는 약속 시간 잘 지키고, 분량에 상관없이 출연 제의 거절하지 않고, 주는 밥 아무거나 잘 먹는다. 성실한 배우, 근력 있는 배우도 좋지만…… 음…… 우치는 이왕이면 자신을 천상 배우, 완소 배우, 미남 배우라고 불러줬으면 좋겠다.

그는 배우 김우치. 이제 그의 이야기가 아닌 '그들'의 이야기를 하겠다. 그들이 있었기 때문에 그가 있었다. 그들이 자신에 대해 말하지 않았다면, 그들의 사람살이가 그의 가슴으로 전달되지 않았다면 우치는 그 시간을 버틸 수 없었을 것이다. 탁- 투드득- 타닥-, 나무는 타고, 탁- 투드득- 타닥-, 사연은 계속됐다. 우치는 지긋이, 지레짐작이나 걱정하지 않는 표정으로, 누구에 대해서도 알지 못하는 사람처럼, 그러나 안다는 게 뭐 그리 대수인가 하는 느낌으로 화면을 바라보았다. 사람들은 우치가 적어도 열 시간 동안은 어디에도 가지 않고 그 자리에 있으리란 걸 알고 있었다. 채널 WY를 틀어 놓고 트위터에 글을 남겼다.

10시간, 600분, 36,000초의 시간이 그들에게 진술 기회를 준 것이다.

@april04 : 김우치 얼굴 보고 있으니까 무슨 말이라도 하고 싶지 않아요?

@dd_dd : 목사야, 신부야? 왜 저렇게 인자해 보여?

@o123456 : 머리만 밀면 스님이네요.

@july88 : 세상에서 네가 젤 예쁘다, 젤 똑똑하다며 좋은 말만 잔뜩 해주던 돌아가신 아버지 같아요.

@iibun1124 : 통나무 태우는 거 좋아.

@thtjfrkdi : 이번 생은 망했어요. 타임머신을 타고 과거로 돌아

간다면 일밖에 몰랐던 그때와는 다르게 살 거예요. 탄탄한 규모의 출판사에서 편집자로 일했는데 최근에 퇴사했어요. 세 번 이직했고, 그만뒀을 때의 직급은 팀장이었죠. 업무 능력만큼 월급도 조금씩 올랐지만 몸이 버텨주지 않았어요. 날마다 야근이었거든요. 집으로 일을 싸들고 오는 날도 많았어요. 밀어도 밀어도 밀리지 않는 벽이 앞을 가로막고 있는 것 같았죠. 치열하게 일했지만 모은 돈도 없었어요. 출판계는 높은 노동 강도에 비해 급여가 낮은 편이에요. 공무원이라면 기가 죽어 동사무소에서조차 굽실거리던 부모님은 요즘 유행하는 걸 우리도 해보겠다며 '졸혼'을 했어요. 두 분이 번갈아가며 제게 용돈을 요구했고요.

*

　자희 씨는 대학을 두 번 다녔다. 전문대를 졸업하고 직장에 들어갔다가 11개월 만에 그만두고 일 년 준비해서 4년제 대학에 편입했다. 등록금을 마련하기 위해 한 차례 휴학한 뒤 졸업했을 뿐인데, 군대나 유학이나 장기여행을 갔다 온 것도 아닌데, 4년제 졸업장을 따고 보니 스물일곱 살이었다. 언제나 남들보다 늦었다는 자괴감에 시달렸다. 종종걸음 쳤고, 될 일 안 될 일 가리지 않고 안달복달했다. 빨리 결과물을 얻고, 인정받고 싶었다. 첫 직장은 번역

가와 출판사의 다리 역할을 하는 에이전시였다. 부장의 추천으로 사회과학 서적을 펴내는 출판사에 들어갔고, 거기서 쌓은 경력으로 문학 전문 회사에 입사했다. 좋아하는 것과 일은 달랐다. 아름다운 문장에 빠져드는 시간을 넉넉하게 허락하지 않는 업무는 자희 씨에게 만족감을 주지 않았다. 책은 독자로 만날 때 가장 행복하다는 선배들의 말은 진리였다.

"내가 국민학교 다닐 때."

"국민학교가 초등학교로 바뀐 지가 언젠데 아직도 국민학교야?"

딱히 그러려고 했던 건 아닌데 억양이 곱지 않았다. 짜증스럽게 끝을 높였다.

"내가 다닐 때는 국민학교였으니까 나한테는 아직 국민학교지."

"국민학교라는 말이 우리 국민에게 얼마나 치욕스러운지 몰라? 아래한글 프로그램에서도 국민학교라고 쓰면 초등학교로 자동 정정이 된다고."

"너, 또……."

"또? 또라니?"

자희 씨도 지지 않았다. 국민학교가 맞니 초등학교가 맞니로 싸우고 앉아 있다니 엄청나게 한심하다고 생각했다. 그대로 일어나 집에 가버릴까 하다가 유치해질 것 같아서 그만두었다. 술잔을 비우고 안주를 집어먹는 대신 가슴 앞으로 양팔을 엇갈려 꼈다. 1분쯤 지났을까? 아니면 15초?

"삐쳤어?"

남자가 먼저 손을 내밀었다. 자희 씨는 쪽팔려서 죽어버릴 것 같
았다. 분명 다른 데서 쌓인 스트레스가 있었는데 그게 뭔지 알 수
없어서 찜찜했다.

"미쳤어?"

끝까지 초등학교가 맞다고 우겼어야 했는데. 자희 씨는 남자와
헤어진 뒤 그러지 못한 게 못내 억울했다.

자희 씨의 친구 중에는 별난 이름을 가진 사람이 많았다. "금자
도 은자도 아닌 동자가 뭐니 동자가." 복자만 돼도 참았을 거라며
울분을 토했다. 친구의 성은 옥(玉)이었다. 작명소에서 돈 주고 받
아온 주길년, 안미인이라는 이름의 주인공도 자희 씨의 친구였다.
안미인은 실제로 미인이었는데 "미인인데 왜 안미인이에요?"라
는 말을 백 번쯤 듣고는 노이로제에 걸렸다. 스무 살, 성년식을 앞
두고 개명절차를 밟았고, 장장 열 장에 걸친 소설 같은 사유서를
제출했다. 그녀들의 삶은 이름을 바꾸기 전과 후로 철저하게 나뉘
었다. 과거를 버린 친구들을 생각하니 기억에 집착하고 있는 남자
친구의 언사가 참을 수 없이 괘씸했다. 자희 씨는 언제나 과거보다
현재, 어제보다 오늘, 조금 전보다 지금이 중요했다. 축적하는 삶
이 아니라 흘러가는 삶을 원했다. 지나간 것을 고집스럽게 붙잡고,
한때의 소유를 자랑하는 이들을 외면했다. 자신은 가진 게 없었기

때문에……. 나쁜 기억력을 가졌으면 좋았을 텐데 자희 씨는 과거가 다 떠올랐다. 아무것도 내세울 것 없는 무(無)의 역사였다.

국민학교 때문은 아니었겠지만, 어쩌면 그 일 때문인지도 모르고, 그 남자랑은 금세 이별했다. 헤어지고 싶다느니, 헤어지자느니, 그만 만나자느니, 너가 싫어졌다느니, 내 꼴이 우습다느니, 부담스럽다느니, 억울하다느니, 다른 사람이 생겼다느니 하는 그 어떤 말도 오가지 않았다. 단지 두 번 남자의 문자메시지를 씹었을 뿐이다. 3개월 동안 제일 많이 들은 말은 "밥 먹었어?"와 "힘들어 죽겠다"였다. 자희 씨는 두 사람의 깊이가 그것밖에, 마음이 거기까지밖에 안 됐던 거라고 받아들였다. "그럼, 먹었지", "힘들겠다, 들어가서 쉬어" 자희 씨가 그런 말을 하지 않아도 남자는 여전히 출근을 하고, 밥을 먹고, 똥을 싸고, 퇴근을 할 거였다. "웨딩드레스 입어서 예쁠 나이도 지났고, 아이를 낳아도 노산이고, 낳았대도 늙은 학부모였을 테니 잘 됐죠 뭐. 연애도, 결혼도, 빌딩도, 스포트라이트도, 기막힌 단상도, 직업도, 어느 것 하나 잡히는 게 없어요."

회사를 그만두기 1년 전부터 술에 의지했다. 퇴근하고 집에 가면 술 마셔야겠다는 생각을, 출근하면서부터 했다. 그날 마실 술의 종류를 아침에 정했고, 오후에 기분이 틀어져 주종이 바뀌기라도 하면 운수 나쁜 날이라고 투덜거렸다. 술을 마시려면 체력이 필요했기 때문에 되도록 몸과 마음을 아꼈다. 타인에게는 몸도, 마음도 크게 쓰지 않았다. 회사를 그만둔 뒤에는 낮에도 술을 마셨고, 저녁밥을 먹다가도 술병을 꺼냈다. 남들과 같은 날짜, 같은 요일, 같은 시간을 보내는 데도 늘 몇 분, 혹은 몇 시간씩 미끄러지는 기분이었다. 그렇게 미끄러진 시간들이 두께를 만들어 자신을 짓누르는 것 같았다. 예쁘냐 아니냐, 좋은 대학을 나왔냐 아니냐, 정규직이냐 아니냐 같은 이분법으로 사람을 평가하는 사회는 건강하지 않았다. 타인을 가시방석에 앉히지 않고 혼술에 의존하고 있는 자신이 더 건강한 것 같았다. 자희 씨는 인터넷을 떠돌아다니는 과음의 기준이 마음에 들지 않았다. 소주 5잔, 맥주 3병, 와인 3.5잔 이상이면 과다 음주라고 적혀 있었다. 자희 씨에게 과음이냐 아니냐의 평가는 필름이 끊겼냐 끊기지 않았느냐, 어떻게 테이블에서 침대까지 갔는지 기억하느냐 기억하지 못하느냐에 따라 달라졌다.

취한 밤, 자희 씨는 술에 대해 사유했다. 사람들은 과음을 부끄러워하고, 알코올 의존자를 필히 치료받아야 할 환자 취급했지만 자희 씨는 동의할 수 없었다. 자희 씨에게 술은 증명이었다. 음주는 살아 있음을 증거했다. 지금 당장 술을 끊는다고 해도, 지난 세월에서 술 없는 자희 씨의 모습은 상상하기 힘들었다. 술은 선물이었다. 오늘 하루를 잘 버틴 자신에게 주는 보상. 내가 아니라면 누가 나에게 마약 같은 선물을 줄까? 그녀는 맑은 정신으로 잠들기 힘들 때가 많았다. 술은 칼이었다. 상처, 고통, 가난, 수줍음, 평균 이하, '이생망'을 잘라냈다. 어제의 나, 오전의 나를 도려냈다. "술은 옆이에요. 따듯하고 든든하고 지팡이 같고 애인 같은 옆. 허전하고 외로울 때 생각나는 곁. 나의 과거 현재 미래를 함께 다듬어주는 끌. 나를 지켜주는 별. 우울한 나를 말려주는 볕. 갑이 되려고 하지 않는 을. 을이어도 괜찮다고 항변하는 복수의 건배사, 목소리들."

편집 중에 마주한, '중과부적(衆寡不敵)'이란 단어는 퇴사 결심에 불을 붙였다. "젓가락은 두 자루, 펜은 한 자루…… 중과부적¹!" 한 발로 제 기능을 하는 펜은 두 개가 있어야만 짝이 되는 젓가락을 수적으로 대적할 수 없었다. 자희 씨는 젓가락 두 개에 굴복해 있는 처지를 탄식했다. 심지어 제대로 된, 이름 석 자 새겨진 만년필 하나 갖지 못한 자신이 불쌍했다. 왜 사는지 모르겠다며 눈물을 흘리다가 맥주를 잔뜩 마셨고, 필름이 끊겼고, 다음 날 부장에게 퇴사하겠다고 말했다. 부장의 반응은 어이없는 방향으로 뜻밖이었다. "그러세요. 목 대리에게 인수인계해주시고요." 당분간은 사람을 뽑지 않고 버티겠다는 의미였다. 모든 게 무의미했다. 자희 씨는 재취업을 할 마음이 없었다. 들어가고 싶은 회사도 없었다. 생일에도 야근을 했고, 퇴행성관절염으로 엄마가 손가락 수술을 할 때도 병원에 가지 못했는데. 책상 앞에 오래 앉아 있었던 탓에 허리 디스크가 왔고, 오십견에 비염을 앓기도 했는데. "당분간은 복숭아처럼 취해 있으려고요. 어차피 이생망인 걸 뭘."

탁- 투드득- 타다-, 우치는 일정한 간격으로 호흡하면서, 또랑

또랑한 눈빛으로 그의 이야기를 들어주었다.

@cafenight13: 친한 친구들한테 하지 못한 이야기도 김우치 아
저씨한테는 할 수 있을 듯.

@freeboardyo: 고해성사인가요?

@hdddd: 왠지 우리를 다 안다, 인정한다 그런 표정 아닙니까?

@boymgirl22: 뭐 때문에 몇 시간 동안 앉아 있는 거냐. 단순 관종?

@hanssam_: 김우치가 빤히 쳐다보고 있으니까 일이 잘 되네.

@areareare: 특성화고를 졸업하고 병역특례로 A공장에 들어갔
어요. 담임선생님의 추천서 덕분이었죠. 잘하면 의무기간을
채운 뒤 정규직으로 전환될 수도 있다고 했어요. 청주에서 직
장을 잡은 건 운이 좋은 편에 속해요. 친구들은 대부분 일자리
를 찾아 수도권으로 갔거든요. 저도 서울이든 인천이든, 위로
올라가고 싶었는데 그러지 못했어요. 어느 날은 왠지 버려졌
다는 느낌도 들더라고요. 기분 탓인지 여기 있는 친구들보다
떠난 친구들이 더 멋진 것 같아요. 아버지는 십 년 전에 돌아가
셨고, 어머니는 누나와 함께 살아요. 저보다 여덟 살 많은 형은
수원에서 수학 강사를 하고요. 저는 공장 가까운 곳에 원룸을
얻어서 혼자 살고 있어요. 사내 기숙사는 타 지역 출신을 우대
해주는 바람에 순위에서 밀렸거든요.

*

　퇴근 후 시내를 어슬렁거리던 참이었다. 공장에서 저녁을 먹고 나와 배는 고프지 않았고, 집에는 일찍 들어가기 싫었다. 길에서 형광을 만났다. 먼저 동식 씨를 알아보고 말을 걸었다. 형광은 전문대를 졸업하고 A공장 관리직으로 입사한 동갑내기 여자였다. 편의점 앞 파라솔에 앉았고, 형광이 맥주 두 캔을 사왔다.

　"취미가 뭐야? 별자리는? 혹시 소시오패스니?"

　동식 씨는 형광을 빤히 쳐다봤다.

　"나도 알아, 소시오패스. 근데 별자리 이름 같지 않니? 하하하."

　동식 씨는 웃지 않았다. 웃기지 않았다. 형광의 표정을 보니 무슨 말이든 해야겠다 싶었다.

　"초등학교 때 KBS에서 주최하는 무슨 대회에서 상을 탔었어. 그때 지역 신문에도 났었는데."

　"뭘 했는데? 그럼?"

　"시."

　"대박. 그럼 시인이야?"

　"아직 등단한 건 아니니까."

　지금도 친구들이 언제 등단할 거냐고 묻는다는 얘기는, 오글거릴 것 같아서 하지 않았다. 노트에 가끔 끼적거리긴 하지만 제대로 배운 적이 없어서인지 아무리 봐도 시 같지 않았다. 시적 언어는 무언가를 의미하거나, 이미지를 만들어 내거나, 세계를 보여줘야 하지 않나. 언제나 제자리에서 맴도는 기분이었다. 발이 떨어지지 않아서, 손도 뻗어지지 않아서, 그 시간 동안 푸름이니 청춘이니 절망이니 하는 말만 중얼거렸다. 꼭 어딘가에 가닿아야 하나, 아니어도 상관없지 않나, 하는 배짱은 좀처럼 생기지 않았다.

"시인 되려면 좋은 대학 가야 하는 거 아냐? 똥통 청주 떠나야겠네."

형광이 빈 깡통을 흔드는 걸 보고 그다음 맥주는 동식 씨가 계산했다.

주말 저녁에는 청주 중앙공원에 갔다. 입구에 있는 식당에서 우동과 잔치국수를 먹었다. "어디 섬마을 온 것처럼 좋다." 형광이 말했다. 동식 씨와 형광은 호숫가 가로등 아래 앉아 있었다.

"연애해봤어?"

동식 씨는 고개를 저었다.

"나는 만만한 사람이 좋더라."

형광이 한쪽 다리를 떨면서 말했다.

"안 무서운 사람? 착한 사람?"

또 뭐가 있었더라, 하고 머리를 굴리는 듯했다.

동식 씨는 '나 같은 사람?'이라고 농담하려다가 그만두었다. 형광이 자신을 좋아할 리 없었다. 형광은 받는 데 익숙한 여자 같았다. 쉽게 사랑받고, 쉽게 상처받고. 자신을 보호하기 위한 두꺼운

껍데기를 가졌지만 자존심 때문에 감추고 있는 사람일 거라는 생각도 들었다.

"얼마 전에 스무 살짜리 남자애한테 데이트 신청받았는데 내가 뭐라고 했게? 가진 것도 없으면서 찝쩍대지 말라고 했어."

"무슨 말이야?"

둘을 감싸고 있던 공기가 불시에 달라진 느낌이었다.

"나보다 어렸거든. 어린 애들은 베풀 줄을 모르거든. 끝도 없이 달라고만 하거든."

원룸을 구경하고 싶다기에 형광을 집에 데려왔다. "이게 끝이야?" 문을 열고 신발을 벗고 싱크대를 지나면 바로 방이었다. 현관에서 미닫이문이 있는 턱까지 딱 두 걸음. 방 가운데에 서서 두 팔을 벌려 원을 돌면 사방 네 면 중 두 면이 닿았다. 이게 끝이냐는 형광의 말에, 동식 씨는 상처 받았다. "옷장이라도 열어서 보여주고 싶었어요. 그 안에도 공간이 있다고요. 침대 위에 올라가 보라고도 하고 싶었죠. 거긴 조금 높으니까요." 알아본 데 중에서 가장 싼 곳이었다. 작은 냉장고와 세탁기가 빌트인으로 되어 있고, 벽걸이 에어컨도 있는, 갖출 건 다 갖춘 방이었다. 창문도 있었다. 전세금이 없어서 매달 15만 원씩 월세를 냈다. 형광이 원룸을 구경하고 싶다고 했을 때, 동식 씨는 야한 생각을 했다. 형광의 속옷과 몸매와 살 냄새를 상상했다. 동식 씨는 여자 경험이 없었지만 서툴면 서툰 대로 괜찮지 않을까 했다. 형광은 바닥에 앉아 주스를 마시면서 머리를 묶었다 풀고, 묶었다 풀었다. 동식 씨는 침대에 걸터앉아 있었고, 자기 집인데도 형광의 눈치를 봤다. 형광은 유리잔을 바닥에 내려놓더니 더는 갑갑해서 못 있겠다며 나가자고 했다. 손을 잡고 걸었지만 목적지는 없었고, 조금 걷다가 특별한 대화 없이 헤어졌다.

동식 씨는 자기 주제에 썸은 어울리지 않다고 생각했다. 아버지가 일찍 돌아가시고, 그는 어머니와 할머니 손에서 자랐다. 어머니는 마트에서 파트타임으로 일했다. 일을 나가지 않을 때는 치매로 누워 있는 할머니를 간병했다. 가족에게 도움을 주는 사람이 되고 싶었다. 월급의 80퍼센트를 저축했다. 병역특례는 일반 노동자와 사정이 달랐기 때문에 급여에도 차이가 났다. 최저임금을 받았다. 저축하는 돈이 많아서 용돈은 언제나 부족했다. 형광과의 관계를 정리하고 싶었지만 형광이 자꾸 문자메시지를 보냈다. 혼자 있고 싶지 않다고, 보고 싶다고, 잠드는 게 무섭다고 했다. 그러면 동식 씨는 "맥주 한 캔 할래?" 물었다. 춥다고 하면 어깨를 감싸주었다. 슬쩍 손을 잡았더니 형광이 팔짱을 끼며 몸을 붙여왔다. "손이랑 팔이랑 엄청 투박하다. 벽돌 같아서 마음에 들어." 옆구리에 형광의 가슴이 닿았다. 동식 씨는 형광과 사귀고 싶기도 하고 아니기도 했다. 아니, 아니라고 하는 목소리는 거짓이었다. 형광이 여자친구였으면, 애인이었으면 했다. "나 아까 존나 흥분됐어. 너가 손잡았을 때 말이야. 내가 오빠라고 불러줄까?"

공장에 나가지 않는 주말에는 김치찌개를 잔뜩 끓여 이틀 동안 그것만 먹었다. 감자와 당근만 넣은 카레를 한 달 동안 먹은 적도 있었다. 동식 씨는 술은 즐기지 않았지만 담배는 좋았다. 담뱃값이 오르기 전에는 하루 반 갑을 피웠는데 두 배로 뛴 뒤부터 4분의 1 갑으로 줄였다. 돈 때문이었다. 하루치 담배 소비 비용은 예전이나 지금이나 같은 셈이었다. 형광을 생각하면 수시로 담배가 당겼지만 주제 파악하자며 참았다. 형광은 대학을 나왔고, 관리직이었으며, '박스 집'에 살지 않았고, 연애 경험도 있었다. 동식 씨가 침대 머리맡에 있는 5단 책장과 거기 꽂혀 있는 백 권 남짓의 책을 보물처럼 아낀다는 걸, 형광은 알지 못했다.

"꿈에 너가 나왔어. 나한테 좋아한다 그러고 같이 자고 싶다고 하더라. 그래서 나도 섹스하고 싶다고 했지."

"응……."

"응? 그게 끝이야?"

"꿈이라며?"

"여자가 이렇게 들이대는 데도 꿈쩍 안 한다 이거야?"

그게 끝이지, 뭐가 더 있나. 꿈으로 사랑을 이룰 수 있나. 섹스가 빛이거나 구원이거나 마냥 다정한 얼굴일 수 있나. 모텔에 들락거리기 시작하면, 데이트도 좋고 연애도 좋지만, 빈곤에서 헤어 나올 수 없을 게 뻔했다. 드라마에서 학번, 전공, 캠퍼스 이야기가 나올 때마다 동식 씨는 소외감을 맛봤다. 인턴이나 스펙 같은 말도 남 얘기 같았다. 열두 시간을 일하고 원룸에 오면 녹초가 돼서 잠이

들었다. 할 수 있는 일은 돈을 모으는 것뿐이었다. 자신에게 최고의 사치는 맥주 한 캔과 담배 4분의 1갑이었다. 동식 씨는 담배 한 개비를 꺼내 불을 붙였다. 연기를 뱉는데 시가 스쳤다. 아무것도 아닌 것을 열렬히 생각하다 보면 우주 같다는 어느 시인의 말이 떠올랐다.[2] 사랑이, 형광이, 아무것도 아닐 수 있나. 섹스가, 고백이, 청춘이 그럴 수 있나. 자꾸 생각났고, 자꾸 우주 같았다.

탁- 투드득- 타닥-, 우치는 그가 여기 있는 동안에는 얼마든지, 어떤 말을 해도 받아줄 수 있다는 무언의 신호를 그들에게 보냈다.

@hihihibyeme: 10시간 넘게 앉아 있는 김우치보다 그거 실시간으로 보는 3만 명이 뭐하는 사람들인지 더 궁금함.
@1212999: 오줌도 안 싸고 앉아 있다고? 실화냐?
@an_dolai8: 이 방송 대체 뭐냐.
@ramen_skidayo: 정규 방송으로 편성해 주세요.
@ㅡ: 시대의 영웅.

*

냉장고에 노란색 종이가 붙어 있었다. 흙부모라서 미안하다. 아버지 놈이 쓴 건 아니었다. 엄마에게 전화를 했다. 세 번째 신호음이 끊기기도 전에 여보세요, 하는 목소리가 들렸다.

"어디야?"

"찜찔방."

"빨리 들어와."

대답이 없었다.

"들어오라고!"

혜수 씨는 소리를 질렀다.

엄마는 자주 가출을 했다. 어느 날은 '부모 잘못 만나서 고생이 많다'고 쓰고 나갔고, 어느 날은 '내 탓이다'라고 쓰고 나갔다. 혜수 씨가 전화하면 기다렸다는 듯이 받았고, 하루를 버티지 못하고 들어오기 일쑤였다.

"왜 자꾸 집을 나가는데?"

혜수 씨는 무직자에 알코올중독자인 아버지 놈보다 자식 앞에 서조차 늘 기죽어 있는 엄마 때문에 더 화가 났다.

"왜 나가냐고?"

"이런 거라도 안 하면 내가 네 얼굴을 어떻게 보니……."

"흙부모는 또 무슨 말이야?"

"금부모 밑에서 자란 애들이 금수저가 된다며…… 방송에서 그러더구나. 흙부모를 둔 애들은 아무리 노력해도 흙수저일 뿐이라고…… 부모가 가난하면 자식도 평생 가난하게 산다고……."

혜수 씨는 입술을 깨물며 눈물을 참았다.

@abunabubi: 엄마는 돈을 벌러 사회에 나가는 게 무섭대요. 전
업주부로 살림만 해왔던 탓인 것 같아요. 외향적인 성격도 아
니고 친구들도 별로 없어요. 집에서 요리하고 뜨개질하는 걸
좋아했죠. 술에 취해 욕을 하고 물건을 집어 던지는 아버지 놈
이나 미안하다는 말을 달고 사는 엄마나 나에게는 독이에요.
혼자 살고 싶지만 서울의 월세를 생각하면 집에 얹혀 있는 게
낫죠. 아직 고등학생인 동생도 책임져야 하고요. 부모에게 의
지할 수 없다는 게 몸이 힘든 것보다 훨씬 힘들어요. 아버지 놈
이 때리지는 않아요. 돈 달라고 협박은 하죠. 아직 육십 살도
안 됐는데 왜 정신을 못 차리는 걸까요. 저렇게 영영 취해 있
고, 영영 누워 있게 되는 걸까요. 물건 부수는 짓만 안 했으면
좋겠어요. 남아나는 게 없거든요.

술을 마시고 들어오면 아버지는 자매를 불러 앉혀 놓고 "니들
고등학교까지는 책임지겠지만 그 후는 나도 모른다. 너희 살길은
너희가 찾으라"고 말했다. 그 말 때문에 혜수 씨는 어릴 때부터 꿈
을 꿀 수 없었다. 뭔가 하고 싶다는, 뭐가 되고 싶다는 욕망을 품어
본 적이 없었다. 그래도 대학은 가야할 것 같았고, 4년 내내 아르
바이트를 했지만 학자금과 학기 중에 받은 생활비 대출까지 고스
란히 빚으로 남았다.

낮에는 렌터카 사무실에서 일하고, 자정까지 편의점 알바를 하

면 남는 시간이 별로 없었다. 집에 오면 좁은 방에 들어가 스마트폰을 보다가 잠이 들었다. 기계 같은 일상에서는 '나는 왜 사나?' 같은 질문도 과분했다. 빚이 있으니까 살아야 했다. 아버지 놈이 회사에서 잘리고 매일 술에 절어 있기 전에는 혜수 씨도 보통의 청년이었다. 책도 사고, 웹툰도 읽고, 아이돌 굿즈도 모으고, 한 달에 두세 번 영화도 봤다. 친구들이랑 콘서트도 가고, 겨울바다도 보러 갔다. 이제는 그런 '잉여짓'을 할 시간이 없었다. 트위터가 유일한 위안거리였다. 트위터에서는 우울-조증-개빡침-우울-우울-우울 같은 감정의 분출이 자연스러웠다. 그런 글을 올려도 누구도 '네가 이 세상에 있는 것만으로 충분해', '네가 있어 행복한 사람들을 기억하렴' 따위의 댓글을 달지 않았다. 트위터에는 아픈 소식이 자주 올라왔고 혜수 씨는 그게 편했다.

실장이 드라이브를 시켜주겠다고 했다. 새로 뽑은 독일제 렌터카였다. 차를 바꿀 때마다 드라이브 시켜줄까? 물었지만 혜수 씨는 한 번도 응하지 않았다. 새 차가 궁금하지 않았고, 가고 싶은 곳도 없었다. 여전히 새 차에는 관심이 없었지만 가고 싶은 곳이 생겼다. 대학 때 친구들과 갔던 바다를 다시 보고 싶었다. 실장은 스피드를 즐기는 타입이었다. 혜수 씨 생애 최고의 속도였다. 창문을 열었다 닫으면서 바람을 맞았다. 마음속으로 에베레스트를 외쳤다. 고지를 넘은 기분이었다. 그 순간에는 술에 절어 사는 아버지

놈도 '내가 못난 죄'라며 울먹이는 엄마도 생각나지 않았다. 바람 따라 흘러가고 싶었다. 눈 녹듯 사라지고 싶었다. 부모의 보호자로 살고 싶지 않았다. 바다는 한결같았다. 주변 풍경은 변했지만 바다 는 그대로였다. 한참 윤슬을 바라보고 있었더니 몸이 간질간질해 졌다. 만만하게 말할 곳은 트위터뿐이었다. @abunabubi: 서쪽 바다 보고 있는데 말할 데가 여기밖에 없네. 역광으로 찍은 바다 사진도 한 장 올렸다. "기왕 온 거 낮술 한잔해야지?" 실장이 맥주와 소주를 주문했다. 혜수 씨는 연탄불 위에 조개를 올렸다. 뉴스에서 화재로 삼남매가 사망한 사건이 보도되고 있었다. 20대 초반의 엄마는 술에 취해 옆방에 잠들어 있었다. 생활고에 시달렸다는 주변의 진술 때문에 삼남매의 죽음이 방화인지 실화인지 조사하고 있다고 했다.

  "우리 때에 비하면 지금 젊은이들은 덜 힘든 거야." 실장은 멋대로 맥주에 소주를 섞더니 혜수 씨에게 권했다. "끼니를 굶은 적도 많고, 하루하루 겨우겨우 살았지." 실장은 혜수 씨의 아버지뻘이었다. 씨발, 혜수 씨는 괜히 따라왔다고 생각했다. 바다를 보러 오는 것도, 조개구이를 먹는 것도 아무하고나 하는 게 아닌데. 우울-조증-개빡침-우울-우울-우울에서 '개빡침' 단계에 진입했음을 직감했다. 지껄이든지 말든지, 혜수 씨는 열심히 조갯살을 발라 먹었다. 힘들다는 건 개인의 상황과 가치관에 따라 다른 것 아닌가. 빙의 같은 초인적인 힘으로 그 사람이 되어보지 않는 이상 함부로 너 힘든 거 내가 잘 알아, 말할 수 없는 것 아닌가. 얼마나 괴로운지 이해할 수 없는 것 아닌가. 젊을 때 고생은 사서도 하는 거야, 그런 말만 씨부리지 마라, 제발. 혜수 씨는 불판 위의 조개가 스스슥 소리를 내며 익는 걸 보고 있었다. "젊어서 고생은 사서도 한다는 말 알지?" 씨발! 비웃어주려고 고개를 들었다가 실장의 시선이 자신의 가슴골에 머물러 있다는 걸 알았다. 혜수 씨는 의자를 박차고 일어났다. 한 대 패고 싶은 걸 참았다. "대리 부를게요. 편의점 알바 있어서 지금 가야 돼요."

미쳤지! 차를 타다니! 밥을 먹다니! 개진상들! 전에 일했던 편의점 점장은 혜수 씨가 그만두겠다고 하자 "다시는 알바 못하게 하겠다", "죽여버리겠다"고 협박했다. 선입선출이 제대로 안 되고 있다는 둥, 점포 안에 먼지가 많다는 둥, 너무 딱 맞춰서 출근하는 거 아니냐는 둥, 사사건건 트집을 잡았다. 일개 알바생일 뿐인데 가장 먼저 입사했다는 이유로 알바 팀장을 맡기더니 툭 하면 너가 모범이 돼야 한다고 했다. 시급을 올려준 것도 아니고 신참이랑 하는 일이 다른 것도 아닌데 팀장은 개뿔. 제품을 진열하다가 실수로 바닥에 떨어트리기라도 하면 구매를 강요했다. 보기에는 멀쩡해보여도 속은 곪았을 거라나. 참다 참다, 급여까지 제 날짜에 주지 않자 혜수 씨는 더 이상 참을 수 없다고 생각했다. "올해 최저임금이 너무 많이 올라서 돈이 부족하다. 몇 개월째 적자고 나도 힘들다"고 앓는 소리를 했다. 혜수 씨가 고용노동청에 신고하겠다고 하자 씨발년 어쩌고저쩌고 욕을 하더니 다시는 이 바닥에서 알바 못하게 하겠다, 죽여버리겠다며 악을 썼다. 혜수 씨는 트위터에 글을 올렸고, 수십 개의 댓글이 달렸다. 그 중 한 명은 지역 경찰관이었고, 그는 트위터리안의 윤리와 본연의 업무를 충실히 이행했다. 점장은 나이 어린 경찰관 앞에서 어금니를 꽉 문 채 급여를 계산했다. 집에 가려면 어쩔 수 없이 그 앞을 지나야 해서 늘 고개를 숙이고 걸었는데 3개월도 지나지 않아 임대 딱지가 붙었다. 가게가 망한 뒤에야 혜수 씨는 이 말을 내뱉을 수 있었다. "개새끼." 점장이 해코지할까 봐 내심 졸아 있었던 것이다.

엄마 너무 미워하지 마. 이번에는 조금 심각한 것 같았다. 전화도 받지 않았다. 혜수 씨는 통화종료 버튼을 누르고 문자메시지를 남겼다. 욕조에 물 받는다. 목욕할 거야. 엄마가 등 좀 밀어줬으면 좋겠네. 혼자서도 잘했다. 오른팔을 왼쪽 어깨 너머로 뻗거나, 왼팔을 오른쪽 어깨에 올리고, 양팔을 번갈아가며 뒤로 꺾어 등을 문지르면 됐다. 언제부턴가 손닿지 않는 '그곳'이 신경 쓰이기 시작했다. 정확히 어느 위치인지 알 수 없고, 크기를 확인할 수도 없었지만 '그곳'은 분명히 있었다. 아무리 애써도 자기 힘으로 건드릴 수 없는 영역이었다. 그 자리를 생각하면 외로움이 몰려왔다. 처음에는 '손이 닿지 않는 그만큼'인가 싶었는데 외로움은 점점 등 뒤로 번졌다. 누군가 캄캄하고 누런 곰팡이처럼 번지는 외로움을 막아줬으면 했다. 엄마의 손길이 그곳에 닿았으면 했다. 엄마가 그곳을 만져줬으면 했다. 색이 사라지고, 더 어두운 색이 자신을 덮치기 전에. 가족이니까, 우리니까.

@choisun: 그래서, 열 시간 넘게 왜 그랬던 거임?
@b___d: 개 웃겨.
@zzztheend: 아직도 앉아있네.
@abbbb18: 무슨 기획이야 도대체. 우치 형 좀 그만 괴롭혀.
@xxx_xxx: 크리스마스이브를 김우치랑 보내게 될 줄은 몰랐어요.
@coinzthebest: 나만 혼자인 줄 알았는데 혼자가 아니어서 좋네요.
@naba.: 어떤 말을 해도 다 들어주고 잔소리도 안 할 것 같아요.
@happybaby10: 맞장구각.

탁- 투드득- 타닥-, 탁- 투드득- 타닥-, 탁- 투드득- 타닥-, 탁- 투드득- 타닥-, 탁- 투드득- 타닥-, 탁- 투드득- 타닥-, 탁- 투드득- 타닥-, 탁- 투드득- 타닥-, 탁- 투드득- 타닥-, 탁- 투드득- 타닥-, 탁- 투드득- 타닥-, 탁- 투드득- 타닥-…… 우치는 눈을 천천히, 따듯하게 깜빡이면서 그들을 바라보았다. 그와 그들의 거리는 지하와 지상, 몇 개의 계단, 매듭의 처음과 끝, 거울의 앞면과 뒷면보다 짧고 가까웠다. 위스키를 반 병 넘게 비웠지만 우치는 취하지

않았고, 천상 배우, 완소 배우, 미남 배우가 아닌 심플한 조연배우
여도 괜찮을 것 같았다. 그는 배우 김우치. 그들이 있었기에 그가
있었다. 그들이 자신을 드러내지 않았다면, 그들의 삶이 그의 마음
에 닿지 않았다면 우치는 그 시간을 버틸 수 없었을 것이다. 탁- 투
드득- 타닥-, 불꽃은 타오르고, 탁- 투드득- 타닥-, 이야기는 계속
됐다. 그는 여기 있었고, 그들도 우치와 함께 있었다. 타닥.

1. 김사인의 시 「중과부적」에서,
2. 백은선의 시 「병원 손님 의자 테이블」에서 빌려왔습니다.

비
인
터
뷰

통신 노동자와 인터뷰하기로 했는데 웬 꼬마가 나타났다. 약속 장소인 카페에서 용케 나를 찾아내고는 갖고 있던 휴대전화를 내밀었다. 내가 보낸 문자메시지를 가리키며 "맞죠?"하는데 확, 술 냄새가 났다.

사실 꼬마는 아니었지만 술 마실 나이가 아닌 건 확실했다. 중학교 입학 전 겨울 무렵 남학생들의 키가 훌쩍 큰다는 것을 속설로 믿는다면 꼬마는 아직 초등학생인 게 분명했다. 꼬마, 아니 소년은 깡마른 체구에 테가 가는 은색 안경을 끼고 있었다. 검은색 티셔츠는 목 부분이 잔뜩 늘어나 있었다. 그나저나 조그만 게 웬 술?

술 마셨니?

반말을 했다.

조금요.

소년이 마주앉았다.

맥주겠지?

전 소주만 마셔요.

요 녀석 봐라. 눈앞에서 혀를 끌끌 찰 수도 없고, 내 새끼도 아닌데 섣불리 충고할 수도 없고, 안주는 챙겨먹었느냐고 물을 수도 없고, 같이 한 잔 하러 가자고 권할 수도 없고.

인터뷰는 어쩐다? 감정노동자 기획기사를 연재 중이었고, 건너 건너 아는 사람에게 연락처를 받아 어젯밤 상명 씨와 통화했다. 마침 파업 중이라 시간이 나지만 오후에는 집회에 참석해야 한다며 오전에 만나자고 했다.

나는 티 나지 않게 한숨을 삼켰다. 당장 다른 사람을 어떻게 섭외한담? 책상 앞에 앉아 머리를 쥐어짠 것은 좋았지만 인터뷰 대상자를 찾기는 쉽지 않았다. 찾았다 해도, "안녕하세요, '감정노동자들의 고충을 말하다' 기획연재 중인데, 감정노동자로 일하기 괴로우시죠? 인터뷰 한 번 해주세요"라고 들이댈 수는 없지 않은가. 뉘앙스가 조금 과잉됐지만 어쨌든 섭외에도, 승낙 요청에도 어려움이 있었다. 고르고 고른 말을, 다듬고 다듬은 음성으로 '아주 잘' 설득해야 했다. 비행기 승무원, 대형마트 판매원, 학습지 교사, 간호사에 이어 통신 수리기사가 다섯 번째 인터뷰 대상자였다.

전화로 취소하면 될걸 굳이 왜 너를 보냈대?

저보고 하래요.

뭘?

인터뷰요.

인터뷰를?

소년의 은테 안경이 위아래로 흔들렸다. 그런 것쯤 저도 잘 알아요, 내게 다짐시키는 듯 소년은 엄지로 흘러내려온 안경을 치켜올렸다

하하, 이 부자(父子) 보게. 상명 씨는 이상한 사람 같지 않았는데. 자신의 상실감을 알리고 싶다고, 연락 주셔서 감사하다고 몇 번이나 반듯한 음성으로 말했는데. 술 냄새가 나는 걸 빼면 소년도 별나 보이지는 않았다. 결연한 표정이 마음에 걸렸지만 그거야 장점일 수도 있고. 애나 어른이나 가벼운 얼굴로 사람구실 할 수 있겠나? 표정도 권력이고, 힘이다. 뭔가, 있어야 산다.

소년은 머리카락을 닦은 수건을 던져 놓고 냉장고를 열었다. 속이 보이는 플라스틱 반찬통 몇 개. 계란도 우유도 떨어진 지 오래였다. 윙- 냉장고 모터가 거친 숨을 쉬었다. 코드를 뽑고 가방을 멨다. 다녀오겠습니다, 같은 인사는 없었다. 익숙한 침묵으로 등 돌린 채 낡은 현관문을 밀어젖혔다. 점퍼에 달린 모자를 뒤집어쓰고, 양손은 주머니에 찔러 넣었다. 학교는 집에서 3분 거리. 골목을 두 번 꺾어 길을 건넌 뒤 언덕을 올라가면 되었다. 횡단보도 앞

에, 초록색 조끼를 입은 학부모 봉사자가 깃발을 들고 서 있었다. 투명하다고 해도 좋을 만큼 얇은 깃발. 팔 대신 깃발이 '앞으로 나란히'를 하면 맞은편으로 가도 된다는 뜻이었다. "조리사하고 배식, 복귀했대?" 초록색 조끼에게 묻는 뚱뚱한 아주머니의 목소리는 사뭇 도전적이었다. "안 올걸? 교육청 앞에 천막까지 쳤다잖아." 급식 이야기를 하고 있었다. 소년은 오늘도 밥과 반찬이 나오는 점심을 먹기는 틀렸다는 걸 알았다. 지난주 수요일이 마지막이었다. 무슨 사연인지는 몰라도 다음 날부터 학교에서 음식 냄새가 풍기지 않았다. 아이들은 아줌마 아저씨들이 시위를 한다고 수군거렸고, 임시 담임은 사정이 있다고만 했다. 마지막 급식 반찬에는 감자조림이 있었다. 소년은 색이 밴 감자를 좋아하지 않았지만 배가 고팠다. '가난한 사람에게는 편식이 어울리지 않아, 딥.' 정말 싫은 건 하지 말았어야 했다. 음식을 남김없이 먹은 이후로 기분이 축 처지는 게 그때 먹은 검은 감자 탓인 것만 같았다. 전날 급식은 밥이 아닌 샌드위치와 두유, 초코파이였다. 소년은 빈 봉지를 버리고, 양이 차지 않아 정수기 물을 벌컥벌컥 마셨다. "그래서 난 요즘 우리 애 꼬박꼬박 아침 먹여서 보내잖아. 아무리 자기 밥그릇이 중요하다지만 왜 다른 애들한테 피해를 줘? 자기 자식이면 그러겠어?" 깃발을 손에 쥔 봉사자는 맞장구를 치는 둥 마는 둥했다. "초등학생 밥도 제대로 책임 못 지면서 중학교 무료급식은 어떻게 한다고……." 수업 시간에 소년은 자꾸 눈이 감겼다. 자꾸 눈꺼풀이 내려앉았다. 턱을 괴고 있다가 책상 위로 고개를 처박았다. 소년 아닌 다른 아이들은 또래답게 분주하고 어수선했다. 소년은 기운이 없었다. 집에 오자마자 냄비에 물을 부었다. 밥 없는 식사이므로 라면은 언제나처럼 한 개 반이었다. 찬장에서 소주를 꺼내 컵에 붓고 생수를 채웠다. 소년은 3학년 때부터 술을 마시기 시작했다. 지금은 6학년이다. 소년이 술 마시는 걸 아는 사람은 아버지뿐이었다. 센 건 좋지 않아. 물을 가득 부어 마셔라.

소년은 귓가를 울리는 진동에 잠에서 깼다. 집안은 컴컴했다. 벨은 쉬이 끊기지 않았고, 아버지도 깨지 않았다. 아버지의 점퍼 주머니에서 휴대전화를 꺼냈다. 저장돼 있지 않은 번호였다. 응답 버튼을 눌렀다. "파파이슬." "야, 이 자식아." 저쪽에서 건너온 고함. 소년은 가만있었다. "너, 당장 와. 너 때문에 지금 내가 얼마나 피해를 본 줄 알아? 그 칼이 얼마짜리였는지 알아? 이 개새끼야." 소년은 어떤 상황인지 예상할 수 있었다. 이전에도 몇 번 이런 일이 있었다. "어딘데요?" "뭐?" "주소요." "천만 원짜리라고, 천만 원. 오기만 해봐. 너 오늘 내 손에 죽었어." 소년은 주소를 머릿속에 기억했다. 새벽 다섯 시가 넘었다. 아버지는 언제 들어왔을까. 아버지의 휴대전화를 들고 집을 나왔다. 모퉁이에서 헤드라이트를 환하게 켠 차가 들어왔다. 불빛에 눈이 부셔 그 자리에 멈춰 섰다. 뒤늦게 소년을 발견한 차가 브레이크를 밟았다. 야아옹, 이 밝기와 소란은 자기와 전혀 상관없는 일이라는 듯 소년의 발밑으로 고양이 한 마리가 지나갔다. 소년이 한 번도 본 적 없는, 노란 눈의 회색고양이었다. 꼬리로 소년의 발목을 툭 건드린 것도 같았다. 소년은 길가로 비켜나 사라진 고양이를 눈으로 좇았다. 남자가 말한 빌라는 어렵지 않게 찾을 수 있었다. 벨을 누르자마자 문이 열렸다. 남자는 칼을 들고 서 있었다. "왜 이렇게 늦어, 이 새끼야." 소년은 남자를 올려다봤다. 남자는 이만저만 큰 게 아니었다. 소년은 고개를 뒤로 완전히 젖히다시피 했다. "너 뭐야? 왜 너가 왔어?" 칼을 든 오른쪽 팔이 아래로 살짝 기우는 걸, 소년은 놓치지 않았다. "아버지 자요. 그리고 요즘 우리 아버지 일 안 해요." 제법 무게 있는 목소리였다. 소년은 샛노란 눈을 가진 회색 고양이를 생각하고 있었다. 겁도 없이 자가용 앞을 천천히 지나며 꼬리까지 흔들던 나비. "뭐?" 남자는 당황한 눈치였다. 소년은 잔뜩 기가 죽어 고객 앞에 넙죽 엎드리는 AS기사가 아니었다. 묘한 상황에 남자는 기세가 꺾인 듯했다. "아버지? 잘난 너네 아버지는 왜 일을 안 하는데?" "파업해요. 183일째예요. 해 뜨면 184일째." 현관 조명등이 꺼졌다. 남자가 칼을 들지 않은 팔을 들어 머리 위에서 흔들자 다시 불이 들어왔다. "잘난 너네 아버지는 왜 파업을 하는데?" 아저씨 같은 사람들 때문에요, 라는 말은 입 밖에 내지 않았다. "우두머리 회사랑 싸워요."

그 남자랑 술을 마셨다고?

딥딥.

딥딥 하는 거, 그건 뭐니?

소년은 안경 너머로 나를 빤히 쳐다봤다.

내가 만든 언어예요. 딥은 예스, 딥딥은 노우.

왜 만든 건데?

심심해서요.

그리고 또?

여보세요는 파파이슬이고요.

다른 건?

없어요. 쓸 일이 별로 없어서요.

이름이 뭐니?

비라고 부르세요. 올해까지만요.

내년에는?

아닐 수도 있고요.

소년에게 스무디를 권했더니 커피를 마신다고 했다. 캐러멜 마키아토 같은 걸 말하느냐고 했더니 아메리카노가 좋단다. 나도 아메리카노를 한 잔 더 시켰다.

오전이라 카페는 한가한 편이었다. 녹음하고, 녹취를 풀고, 그걸 다시 기사화하는 시간을 절약하려고 평소에는 노트북을 앞에 두고 타이핑하는데 그날은 그러고 싶지 않았다. 노트북을 덮고, 녹음기만 컸다. 질문을 적어온 노트를 펼쳤다가 가방에서 볼펜을 꺼내 번호가 매겨진 질문을 쓱쓱 지웠다. 커피가 담긴 종이컵을 왼쪽으로 15도 오른쪽으로 15도쯤 돌리면서, 플라스틱 캡을 열었다 닫았다 하면서, 목이 늘어난 소년의 티셔츠를 눈으로 따라가면서 인터뷰를 했다. 아니, 소년의 이야기를 들었다.

"술 마실 줄 아냐?" 소년은 주머니에 손을 찔러 넣은 채 고개를 가로저었다. "안 찌를 테니까 들어와. 다치게 할 생각은 없었다. 겁만 주려고 했어." "왜요." "그래야 사람들이 무시하지 않으니까." 소년이 신발을 벗었다. 남자는 부엌에서 술과 술잔을 가지고 나왔다. "이거라도 마셔라." 캔커피를 소년 앞에 놓고 담배에 불을 붙였다. 소년은 담배꽁초가 수북하게 쌓인 페트병을 남자 쪽으로 밀고 엉덩이를 붙였다. 여기저기서 주워온 것처럼 제각각이고 어울리지 않는 의자와 서랍장이 늘어서 있고 조명은 어두웠다. "아버지가 속해 있는 회사 사장이 또 다른 사장한테 회사를 넘기고 그 사장이 또 다른 사장한테 회사를 넘기고 그 사장이 또 다른 사장한테 회사를 넘겼대요. 그런데 맨 위에는 그걸 다 알면서도 모른 척하는 우두머리 사장이 있대요." 야아옹, 노란 눈의 고양이가 귓불을 핥는 듯 목덜미가 간지러웠다. 소년의 머릿속에서 수백 마리의 나비가 날았다. "그러니까 우두머리 사장이 있는 게 왜 문제가 되는데?" "다단계 하도급 모르세요? 안정고용 보장해라, 근로기준법을 지켜라.” “조그만 게 똑똑하네. 그런 건 너네 아버지가 말해 줬냐?” “지난번에 서울에 갔었어요. 거기서 전단지도 읽고 다른 아저씨들이 하는 말도 들었어요.” 남자는 술을 마시고 담배를 피웠다. 담배를 피우고 술을 마셨다. 남자의 줄담배에 소년은 눈이 따가웠다. 남자가 준 캔커피를 비운 뒤, “이만 가볼게요. 인터넷 장애 접수는 고객센터로 하시면 돼요.” 말하며 일어섰다. 남자는 대답 대신 잔을 비웠다. “신청 당일 방문은 어려울 거예요. 대체인력이 적어서 오래 걸린댔어요.” 문을 열자 계단 창문으로 해가 들어와 있었다. 소년은 운동화에 머문 햇살을 한참 내려다봤다.

아버지를 따라 여의도에 간 적이 있었다. 일요일이었고, 소년은 나가는 아버지의 뒷모습을 무심코 바라봤다. 시선을 느꼈는지 신발을 신던 아버지가 “궁금하면 가볼래?” 하고 물었다. 일도 하지 않고 매일 서울에서 뭘 하는 걸까, 소년은 궁금한 것도 같았다. 버스를 타고 역에 도착해 지하철을 두 번 갈아탔다. 5호선을 타자 아버지와 같은 옷을 입고 있는 사람들이 곳곳에서 눈에 띄었다. 젊은 여자도 있었다. 모두 입술을 꽉 다문 채 웃지 않았다. 먼저 온 사람들이 줄을 맞춰 가지런히 앉아 있었다. “지회별로 모여 앉는 거야.” 아버지가 설명했다. 아버지가 앞장섰고 소년은 아버지를 따라갔다. 걸음이 빨라 소년은 종종걸음을 쳤다. 무대가 있고 플래카드가 있고 깃발이 있고 종이가 있었다. 큰 카메라를 들고 사진 찍는 사람도, 삼각대를 세워 놓고 촬영하는 사람도 있었다. 아버지는 가방에서 휴대용 방석을 꺼내 소년의 발밑에 깔았다. 아버지는 앞줄, 그 앞줄에 앉은 사람들에게 인사했고 그들은 한 번씩 더 뒤를 돌아보며 소년을 확인했다. 불편한 기색인지, 귀찮다는 내색인지, 걱정하는 마음인지 알 수 없었다. 열 시가 되자 붉은 조끼를 입고 머리에 붉은 띠를 두른 남자가 마이크를 잡았다. 원청. 소사장. 오징어다리. 고용안정. 다단계 하청. 생존권. 근로기준법. 비정규직. 반복되는 단어가 머리에 남았다. 한 어른이 소년을 가리키며 "노래 한 곡 할래?" 물었다. "딥딥." "애들이 경험할 만한 일은 못 되지." "오늘은 적당히 합시다." 남자 목소리였다. "뭐요? 내가 잘못한 게 뭔데? 애들도 세상이 이렇다는 걸 알아야 해. 씨발." "욕까지 할 건 또 뭐요? 애 앞에서 말조심합시다." "누군 애 없나. 나도 자식 생각하면 눈물이 난다고. 피눈물이!" 소년이 아버지를 돌아봤다. 아버지는 입술을 깨물고 있었다.

열한 시 반에 배식차가 도착했다. 시민단체에서 무료로 밥을 제공한다고 했다. "후원금이 들어올 때까지만이야." 파업 초반에는 도시락을 시켜 먹었는데 조합원들 숫자가 늘어나면서 비용을 감당하기 힘들어졌다고 했다. 소년과 아버지는 2호차에 배정됐다. 순서가 되자 식판을 들고 밥과 반찬을 배식 받았다. 남자들은 식판에 밥을 산처럼 쌓았다. 다들 그랬다. 학교에 저렇게 먹는 선생님이 한 명 있었다. 옆 반 담임이었는데 언제나 한가득 밥을 폈다. 아이들 사이에서는 애인과 헤어졌다는 소문이 나 있었다. 전에 있던 학교에서 쫓겨나서 그렇다고도 했다. "충격으로 많이 먹는 거래." "옛날 학교에서는 안 그랬는데 우리 학교 와서부터 저렇게 된 거래." 아이들은 옆 반 선생님을 돼지밥통이라고 불렀다. 소년은 그 선생님이 정말 밥을 다 먹는지 슬금슬금 훔쳐봤지만 항상 먼저 식당을 나오느라 확인하지 못했다. 천막도 돗자리도 없이, 맨바닥에서의 식사는 어색했다. 다들 말이 없어서 더 그랬다. 후식은 없었지만 학교에서 먹는 것보다 나았다. 이따금 식판에 담겨 나오는 주스나 젤리, 과일 등으로 입가심을 하곤 했다.

오후가 되자 무리에서 이탈하는 사람들이 있었다. 삼삼오오 짝을 지어 어딘가로 갔다가 얼굴이 빨개져서 돌아왔다. 수염을 깎지 않은 남자가 아버지와 소년을 불렀다. 편의점 앞 파라솔에서 붉은 조끼를 입은 사람들이 술을 마시고 있었다. 수염은 가게에서 소주와 아이스크림을 사들고 나왔다. 소년에게는 종이컵 대신 플라스틱 스푼을 건넸다. 아버지는 수염에게 술을 따라주고, 자신의 잔에도 따랐다. 안에서 종이컵 하나를 더 들고 나와 소년 앞에 놓았다. "이 녀석도?" 수염이 물었다. "어려서부터 둘이 살았더니 술친구가 돼버려서요." 소년은 술을 삼키고 플라스틱 스푼으로 아이스크림을 퍼먹었다.

아버지가 제대했을 때 전 벌써 세상에 나와 있었대요. 결혼식은 못하고, 그래도 취직은 했는데 그때는 지금보다 보수도 좋고 근무 환경도 나았대요. 사장이 자꾸 누군가에게 회사를 넘기기 전까지는요. 월급도 점점 깎이고 휴가비도 안 나왔대요. 갈 데 없는 처지란 걸 아니까 목숨 줄을 갉으며 붙잡고 늘어지는 거라고 아버지가 말했어요.

아버지라는 호칭은 드라마에서나 쓰는 줄 알았는데.

그렇게 부르지 않으면 아버지를 깔보게 될 것 같아서요. 별 볼일 없는 인생인 거 저도 아는데, 다른 사람이 아버지 무시하는 건 짜증나요.

엄마나 다른 형제는?

딥딥.

벨이 울렸다. 소년은 아버지가 있는 욕실에 잠깐 시선을 뒀다가 소리를 찾아 이동했다. "비냐, 나 기억하겠냐, 규만 아저씨다." "딥, 알아요." "늦은 줄은 안다만." 벽에 걸린 시계를 보니 자정이 넘었다. "또 칼을 떨어뜨렸어요?" "그런 거 아니다. 지금 좀 올 수 있냐. 너랑 상의할 게 있는데." 소년은 규만이 무섭지 않았다. "딥." "따듯하게 입고 와라." 규만은 라면을 먹고 있었다. 음울한 집안 풍경은 전과 비슷했다. "너도 먹을래?" 소년이 고개를 끄덕였다. 소년이 라면을 먹는 동안 규만은 담배를 피웠다. 소년이 기침을 하자 얼른 담배를 비벼 껐다. 규만은 지난번과 달라 보였다.

점잖아진 것 같았다. 소년이 젓가락을 내려놓았다. "나랑 어디 좀 가자." "어디요?" "가보면 알아." 규만은 베란다에서 돌돌 말아 끈 으로 묶은 현수막을 들고 나왔다. "이게 뭐예요?" "가보면 안다." 소년에게 들게 한 비닐봉지 안에는 가위와 끈, 테이프 같은 것이 담겨 있었다. 규만은 현수막을 자전거 뒤에 싣고 소년에게 건넸던 봉지는 핸들에 걸었다. "이건 너가 끌어라." 소년에게 자전거를 넘 겨주고 접이식 사다리를 어깨 위에 올렸다. "하늘대공원까지 걸을 수 있겠지?" "넵."

공원 입구에서 규만은 현수막 묶음을 바닥에 펼쳐 놓고 하나하 나 분리했다. "너는 옆에 있기만 하면 돼. 내가 다 할 테니까." 위 아래 나무토막이 하나씩 있고 가로세로 1미터 정도 되는 천이 붙 어 있었다. 노란색 천 위의 검은 글씨는 인쇄체가 아닌 손글씨였 다. "아저씨가 적은 거예요?" "그래." 소년은 현수막에 쓰인 글을 읽었다. 어떤 건 한 줄이고 어떤 건 단어 하나만 크게 적혀 있었다. 삐뚤빼뚤, 글씨가 점점 작아져 우습게 보이는 현수막도 있었다. 세 어 보니 전부 열 개였다. "이걸 어떻게 하려고요?" "나무에 매달 거다. 길 쪽에서 글씨가 보이게끔 말야." "왜요?" "왜라니?" "허락 받은 거예요?" "누구한테 허락을 받나. 대한민국 국민에게는 표현 의 자유가 있는 거다. 사다리가 흔들리지 않게만 잡아줘라. 끈도 다 달아 왔으니 나무에 둘러 매달기만 하면 된다. 오래 걸리지 않 을 거야. 일단 열 개만 걸 거다. 욕심 부리지 않고 조금씩 할 거야.

대자보라고 들어봤냐. 매일 수십 장을 썼지. 플래카드도 많이 만들었는데 간만에 하려니 쉽지 않더라. 내 나이도 곧 오십이야. 이십년도 더 된 일이지. 나를 게임만 하는 멍청이라고 생각했겠지. 처음부터 그런 건 아니었다. 또리를 잃은 뒤 너무 오래 방황했어." 규만은 끈을 이빨로 꽉 물고 있다가 팔을 뻗어 다른 쪽 끈을 당긴 뒤 나무에 묶었다. 위가 묶이면 아래를 고정하는 건 쉬웠다. "이제부터는 또리 찾는 일에 집중할 거다. 또리 이름이 바람에 나부끼게 해야 한다. 사람들이 볼 수 있어야 해. 일단 현수막에 붙은 끈으로 한 번 묶고 비닐봉지에 담아온 끈으로 한 번씩 더 묶을 거다. 테이프도 붙일 거야. 안전하게 해야 하거든. 혹시나 강풍에 떨어져 누가 다치기라도 하면 어떡하냐. 횡단보도 근처나 버스정류장, 상가 앞에는 걸지 않을 거야. 운전자의 시야를 가리면 안 되거든. 하늘대공원 주변은 괜찮지. 상가도 없고 길게 가로수가 이어져 있잖아. 현수막을 더 제작하고, 추가로 걸 만한 곳도 알아볼 거다. 도시는 넓어. 얼마든지 걸 수 있을 거다." 사다리의 위치를 옮기고 그 위를 오르락내리락하면서 규만은 한없이 중얼거렸다. 혼잣말 같지만 음성에 힘이 넘쳤다. 플래시가 있었다면 규만을 밝게 비춰줬을 텐데. 가로등 불빛은 너무 멀고 희미했다.

마지막 열 개째였다. 규만이 사다리에서 내려오더니 소년 앞에 약지 손가락을 치켜세웠다. 왼손 약지와 오른손 약지를 나란히 들어 올렸다. 길이가 달랐다. "왜 그런지 아냐?" "딥딥. 돈을 못 갚았어요? 영화에서처럼 나쁜 놈들이 손가락을 자른 거예요?" "공장 사람들 많이 원망했지. 지금은 잊었어. 그래도 가끔 못 견디게 아플 때가 있다. 술도 마셔보고 멀쩡한 사람에게 시비도 걸어봤지. 그래봤자 눈곱만큼도 치유되지 않아. 게임으로 시간을 소모하는 것도 마찬가지고……" 자정이 지나도 도시의 밤은 분주했다. 잦은 헤드라이트 조명에 규만의 얼굴이 하얘졌다 까매졌다 했다. 가면놀이를 하는 것 같았다. "너를 만나기 전까지는 몰랐다. 네 앞에 칼을 들고 서 있던 나는 잊어라. 내게는 또리뿐이었다. 자식처럼 키웠지. 칼에 칼로 맞서는 것 말고 다른 방법도 있지 않겠냐. 머리를 써야지." 규만은 사다리를 접어 자전거 옆에 기대 세웠다. 현수막 아래에서 위를 올려다보며 사진을 찍었다. 플래시가 터져 밝게 나오는 바람에 글씨가 보이지 않는 것도 있었다. 초점이 맞지 않고 흔들린 사진이 태반이었다. "너는 공부 잘 하냐." "딥. 1등이에요." "좋아, 계속 열심히 해라. 또리를 찾기만 하면 너도 녀석에게 반하게 될 거다." 규만은 휴대전화를 점퍼 안에 넣었다. "다 됐다. 이렇게 증거를 남기는 거야." 현수막을 싣고 왔던 자리에 사다리를 고정시킨 규만이 안장을 가리켰다. "앉아라." 소년을 자전거에 태우고 핸들을 잡았다. 키가 큰 규만은 흔들림이 없었다. 그가 끄는 자전거에, 소년은 앞만 보며 앉아 있었다.

다음 날 집에 오는 길에 소년은 하늘대공원에 가봤다. 간밤에 규만이 걸었던 현수막이 한 개도 없었다. 바닥에 짧은 끈 몇 개가 떨어져 있었다. 혹시나 해서 인도를 두 번 왔다 갔다 했지만 아무것도 없었다. 규만에게 전화를 걸어야 했다. 공중전화를 찾아야 했다. 소년은 집을 향해 달리기 시작했다. 공중전화는 보이지 않았다. 슈퍼에 들어가 할머니에게 휴대전화를 빌려달라고 말했다. 아버지에게 전화를 걸었다. 웅웅. 잘 들리지 않았다. "아버지, 어젯밤에, 자정쯤에 걸려온 전화 발신번호 좀 알려줘. 통화목록에 있을 거야." 30초 후에 다시 전화를 걸어 번호를 받아 적었다. 소년은 비상금을 꺼내 할머니에게 건넸다. "한 통화만 더 할게요." 발신음이 오래 울렸다. "파파이슬? 아저씨, 현수막 다 떨어졌어요. 어젯밤에 건 거 다 떨어졌다고요. 하나도 없어요. 끈은 제가 주워왔고요." "그러냐. 하루는 버틸 줄 알았는데. 비, 제대로 해야겠다. 철저하게 준비해야겠어. 일단 끊자." 소년은 집에 돌아와 규만의 연락을 기다렸다. 텔레파시라도 올 것처럼 앉아 있었다. 한두 개도 아니고 열 개를 모두 떼버리다니. 두 번씩 단단히 묶었는데도. 아버지에게 전화했을까 봐 집에 돌아온 아버지의 휴대전화부터 확인했다. 다음 날 아저씨가 혼자서 현수막을 걸었을지도 모른다는 생각에 하늘대공원에 갔다. 가로수와 전봇대는 깨끗했다. 아무것도 걸려 있지 않았다. 그다음 날, 그다음 날도. 낙담해서 다시 게임에 빠진 건 아닐까. 놈들에게 흠씬 맞아서 기절해버린 건 아닐까. 또리는 어디에 있을까. 소년은 규만의 집에 가보기로 했다.

소년은 내가 질문할 틈도 주지 않고 이야기를 쏟아냈다. 이걸 어떻게 기사로 푼담? 이게 감정노동자 기사가 될 수 있어? 걱정이 없는 건 아니었지만 인터뷰를 멈출 수 없었다. 소년을 떠날 수도 없었다. 편집장에게 아쉬운 소리 하는 게 싫었지만 어쩔 수 없었다. 소년과 헤어지면 얼른 땜빵 기사를 찾아야겠다고 생각했다.

손잡이를 돌리니 문이 열렸다. 거실에 있던 가구며 쓰레기들이 말끔하게 치워져 있었다. 대신 넓게 신문지가 깔리고 그 위에 천과 물감, 붓이 어지럽게 널려 있었다. 소년은 규만이 쓰다 만 글귀를 눈으로 좇았다. 또리를 찾습니다. 재발방지·진실·생명……. 규만이 화장실에서 나왔다. "왔냐. 들어와라." "궁금해서요. 사고로 손가락이 다 잘려서 전화도 못하는 건 아닐까 걱정했어요." "이것저것 알아보느라 시간이 좀 걸렸다. 혼자 하려니 만만치 않더라. 색깔 있는 천을 샀다. 노란색하고 연두색이야. 단풍과 잘 어울리지 않겠냐. 기왕이면 예쁜 색이 좋지." 며칠 새 규만은 튼튼해진 것 같았다. 키가 더 자라고 얼굴도 이전보다 깨끗해 보였다. "금요일 밤에 걸고 일요일에 찾아오는 거야. 토요일, 일요일에는 공무원도 쉬니까. 주말에 특근해서 뗀다는 건 스스로 나쁜 놈이란 걸 증명하는 꼴밖에 안 돼. 그렇게는 안 할 거다. 하늘대공원 관할 구청에 전화를 걸었다. 범법자 취급하면서 폐기를 당연하게 말하더라. 돈으로 물어내라고 큰소리쳤다. 다섯 개씩만 걸 거다. 눈에 띄는 듯 안 띄는 듯, 그편이 좋아. 새로 만든 문구가 마음에 든다. 베낀 건 없어. 이번에는 글귀 아래 이름을 적었다. 실명으로 말야. 아직도 졸업앨범을 갖고 있었지 뭐냐. 동창들 이름을 좀 썼다. 독특한 이름은 일부러 안 썼어. 이 나라에 동명이인이 한둘이냐? 같은 이름을 가진 사람은 많으니까 항의 들어올 일도 없다. 여기 봐라, 네 이름도 있어. 철이가 너다." "철이요?" 소년이 되물었다. "철이면 어떻고 비면 어떠냐. 너를 생각하면서 썼으니 그걸로 됐다. 옳은 일이야. 옷장을 뒤져 똑딱이 카메라도 찾았다. 막차를 타고 갈 거야. 올 때는 택시를 타야지. 모아 놓은 돈이 좀 있었다. 현수막은 그다지 돈이 들지 않아. 내가 글씨를 쓰니 인쇄비도 절약할 수 있고 다행 아니냐." "글자를 또박또박 쓰면 안 돼요? 크기도 일정하게 맞추고요. 너무 허접해 보여요." 소년이 충고했다. "크기가 중요한 게 아니다. 중요한 건 자신감이야. 깃발은 자신감이다, 비."

일요일 낮에도 현수막은 그대로 있었다. 교회로 올라가는 길목, 소년은 규만과 돗자리를 펴고 앉았다. 행인들에게 방해되지 않게 최대한 벽 가까이에 등을 붙였다. "책 가져왔지?" "딥." "몇 시간만 버텨보자. 사람들 반응을 보는 거야." 예배드리러 온 신도들이 길에 걸린 현수막을 쳐다봤다. 성경을 손에 들고 나무 아래 서서 주의 깊게 보는 사람도 있었다. "또리가 뭐요?" 지나가던 시민이 물었다. "제 아들 이름입니다. 딸이기도 하고요. 아주 영리하고 꿈 많은 놈이었죠." 규만이 대답했다. 소년은 도서관에서 빌린 책을 손에 들고 있었지만 집중이 되지 않았다. 중절모를 쓴 노인이 현수막 아래 섰다. 안색이 좋지 않았다. 소년과 규만이 동시에 서로를 쳐다봤다. 노인은 눈도장 찍듯 하나하나 꼼꼼히 현수막을 읽었다. 규만은 잠시 생각하는 것 같더니 엉덩이를 들고 일어나 노인에게 다가갔다. 기다렸다는 듯 노인이 쯧쯧 혀를 찼다. "뭐가 잘못 됐습니까, 어르신." "이 글, 당신이 썼나?" 노인은 규만을 돌아보지 않고 여전히 시선을 위에 둔 채로 물었다. "뭐가 잘못 됐습니까?" "잘못됐지. 잘못돼도 한참 잘못됐어. 세상이 점점 옛날로 돌아가는 것 같애. 더 나빠졌어." 노인은 고개를 절레절레 흔들었다. "무고한 양민이 학살당하고 친일파들이 애국자 행세를 하고……. 안될 일이지. 안 될 일이야. 어디서 똥물이 흘러들어온 건지……." 노인은 규만과 하늘을 번갈아 올려다보더니 지팡이로 통통 바닥을 두들기며 멀어졌다.

아버지가 소년을 흔들어 깨웠다. 소년이 눈을 비비며 이불을 젖혔다. "아버지 오늘부터 출근해." "파업 끝났어?" "끝나지 않았어. 하지만 그만하기로 했어." "나 때문이야?" "너랑 나 때문이지. 파업도 아버지가 선택한 거고 출근도 아버지가 선택한 거야. 네 잘못은 없어." 소년은 기쁘면서도 가슴이 아팠다. "우산 챙겨가라." "딥." 소년은 세수를 하고 냉장고를 열었다. 물밖에 없었다. 아버지가 월급을 타면 슈퍼에 가야지. 아버지가 월급을 타면 머리를 잘라야지. 신발장을 열어 우산을 꺼냈다. 두 개를 펼쳐보고 온전해 보이는 걸 집었다. 앞으로 당겨도 보고 뒤로 밀어도 봤지만 녹슨 문은 잘 열리지 않았다. 습한 날은 현관문이 더 말썽이었다. 살이 부러진 우산을 모자처럼 머리 위에 쓰고 소년은 이제 딥딥이 지겹다는 생각을 했다. 어떤 걸로 바꿀까. 뢀? 얍? 단닫. 팟팟. 브, 푸푸, 품? 입술을 벌렸다가, 다문 채 앞으로 내밀었다. 횡단보도 앞에 섰다. 초록색 조끼에 비닐우의를 입은 학부모 봉사자가 얇은 깃발을 들고 서 있었다. 3일 전부터 다시 급식이 나왔지만 맛은 형편없었다. 이틀에 한 번꼴로 감자조림이 나왔다. 가난한 사람에게는 편식이 어울리지 않아, 딥. 아무리 되새기고 곱씹어도 식판을 깨끗이 비우기 힘들었다. 창밖의 이슬비는 좀처럼 그치지 않았다. 점심시간, 교실로 피자가 배달됐다. 회장과 부회장 엄마는 피자를 받으려고 안달 난 아이들에게 두 조각씩 나눠줬다. 아이들은 환호하고, 누군가 맛없는 급식 같은 건 아예 없어졌으면 좋겠다고 말했다.

복도에서 물을 마시고 있는데 옆 반 선생님이 손짓으로 소년을 불렀다. 선생님은 무릎을 꿇을 것처럼 자세를 낮추더니 소년의 눈을 보고 말했다. "아빠가 지금 병원에 계시다는구나. 근무 중에 감전 사고를 당했대. 선생님이랑 같이 가자." 소년의 담임은 출산 휴가 중이었다. 임시 담임을 맡은 선생님은 보이지 않았다. 소년은 울고 싶었다. 우리 아버지 파업 중이에요, 일 안 해요, 대답할 수 있었으면 좋겠다고 생각했다. 옛날이, 지금처럼 인터넷이 보급되기 전이 더 편했어. 그때는 고객이 음료수도 주고 심지어 돈을 주는 사람도 있었거든. 고맙다는 말을 많이 들었지. 요즘 고객들은 참지 못해. 접수하자마자 당장 달려오길 바란다니까. 선생님이 소년의 어깨를 살짝 쳤다. "가자." 응급실에서, 아버지는 산소 호흡기를 달고 누워 있었다. "지금으로써는 어떤 상황이라고 말씀드리기 어렵네요. 검사를 좀 더 해봐야 할 것 같습니다. 사업장이었다고는 해도 고압전력이 흐르지 않았기 때문에 생명에 위험을 끼칠 수준은 아니었을 거라고 짐작되지만⋯⋯. 비가 와 습도가 높은데다 사고 당시 충격으로 의식을 잃은 걸 수도 있고요." 단발머리 의사가 설명했다. 소년은 아버지의 새파란 손을 내려다보고 있었다. 심장마비는 아니겠지. 영영 깨어나지 않는 건 아니겠지. 엄마처럼 나를 버리는 건 아니겠지, 아버지⋯⋯. 고객이 욕을 해도 그 욕을 듣고만 있어야 돼. 한마디라도 했다가 민원이 제기되면 꼼짝없이 죄인이 되거든. 아버지가 무슨 죄를 지었냐. 사는 게 죄는 아니잖아, 비. 아버지와의 술자리에서 들었던 얘기가, 파업 현장에서 들었던 얘기가, 아버지가 잠꼬대처럼 했던 얘기가 머릿속을 맴돌았다. "시에서 운영하는 병원이 싸다는구나. 그쪽으로 가는 것이 병원비 지원도 받을 수 있고 여러모로 안정적일 것 같다. 선생님이 알아서 할 테니까 너는 여기에 이름만 적어라. 너희 담임과도 통화했다. 정말 연락할 사람이 없는 거냐?" 소년이 고개를 끄덕였다. 규만이 떠올랐지만 가족도 친척도 아닌 아저씨가 도움이 될 것 같지 않았다.

　소년은 매일 아버지 곁을 지켰다. 의식은 없지만 느낌은 있을 거라고 믿었다. 무표정에도 숨어 있는 감정이 있는 것처럼. 식사는 편의점 컵라면으로 해결했다. 구청 직원이 소년을 찾아와 조만간 다시 오겠다는 말을 남기고 갔다. 종종 아버지의 휴대전화가 울렸지만 모르는 번호는 받지 않았다. 혼자만 살겠다고? 대오에서 이탈한 배신자. 너만 자식 있냐. 너만 자식 있어? 아버지를 비난하는 메시지는 읽자마자 지워버렸다. 비, 새로운 장소를 찾았다. 듣자 하니 그 동네 병원 원장이 좋은 사람이라더라. 직접적인 도움은 못 되겠지만 그 근처에 걸어보려고 한다. 환하게 노란색만 걸 거야. 소년은 규만의 메시지를 보고 또 봤다.

　잠깐, 아버지가 병원에 있다고? 어제 나랑 통화했는데?
　제가 아빠인 척 했어요. 아빠 목소리를 흉내 냈어요. 기자님과 이야기하고 싶어서.
　……．
　고맙다는 말도 못하고 어벙한 표정을 지었던 것 같다.
　어른 흉내 낸 꼬마 목소리가 아니었는데……. 연락 주셔서 감사합니다. 정말 감사합니다. 분명 어른의 음성이었는데…….

　해 뜨기 전, 사위는 어둡지만 병원의 네온사인은 밝았다. 소년은 주변을 두리번거렸다. 비스듬히 위를 올려다보고 건너편 길가를 쳐다보기도 했다. 어슴푸레한 빛 속에서 얼마나 걸었을까. 눈에 익은 현수막, 낯익은 글씨체가 눈에 띄었다. 가까이 가보니 노란색 현수막이 몇 개 걸려 있고 바닥에 찢겨 떨어진 잔해가 보였다. 발로 짓밟힌 것도 있었다. "아저씨, 글씨가 다 쪼개졌어요." 소년은 좀 더 걸어갔다. 억지로 끌어내리다가 찢어졌는지 하체 없는 몸처럼 덜렁거리는 것도 있었다. 가슴이 쿵쾅거렸다. "아저씨, 누군가 현수막을 떼어서 수풀 속에 돌돌 말아놨어요. 칼로 자른 것도 있고 힘껏 당겨 찢어진 것도 있어요. 합법적으로 신고했다면서요. 민원이 들어오면 직접 대응하겠다고 구청에 말해두었다면서요. 그런데 누가 그런 거예요. 왜 그런 거예요." 소년은 엉엉 울음을 터트렸다.

규만이 택시에서 내렸다. 떨어진 끈을 묶다 말고 가위를 찾는답시고 가방을 뒤집어엎었다. 테이프와 가위, 칼, 카메라, 종이와 펜이 바닥에 쏟아졌다. 사다리가 없어서 꼭대기까지 손이 닿지 않는다며 짜증을 냈다. 규만은 전에 없이 허둥거렸다. "이 글 어떠냐? 바다를 본 적 없다고 해도 어딘가에 바다가 존재한다는 것을……." 아래는 사라지고 없었다. 규만은 잠시 멈칫했다. "바다를 본 적 없다고 해도 어딘가에 바다가 존재한다는 것을 믿어야 한다. 마음에 드냐? 응? 여기에도 네 이름을 달았다. 해줄 수 있는 게 이것밖에 없어서 미안하다." 규만의 목소리가 떨렸다. "사람들이 얼마나 보겠느냐고? 찾아주기나 하겠냐고? 쓸데없는 짓이 아니야. 아저씨는 바보가 아니다. 분명히 보는 사람이 있고, 또리를 아는 사람들이 있을 거고, 곧 정보를 공유해 줄 거다." 규만은 소년이 아주 멀리 있는 것처럼, 소년 아닌 다른 이에게 말하는 것처럼 목청을 높이고 있었다. "아침을 먹으러 가자. 따뜻한 국물을 먹자. 비, 기죽으면 안 돼. 알았냐? 알았느냐고?"

딥. 딥딥. 딥. 딥딥. 딥. 딥딥. 딥. 딥딥딥. 디디디디비디비딥. 디비디비…

소년은 눈물 젖은 입술을 뻥긋거리며 어둠 속에서 소리를 질러 대는 규만을 바라만, 바라만 보고 있었다.

헤드폰

앞을 좀 보고 걷는 게 어때?

춘기 씨는 남학생의 어깨를 집게손가락으로 건드렸다.

교복 차림의 학생은 자리에 멈춰 서서 귓구멍을 막고 있던 헤드폰을 벗었다.

길 잃은 늙은이는 아니야.

자신을 궁금해하는 상대의 눈빛을 읽고 그녀는 자신의 상태를 설명했다.

그런데요?

학생이 물었다. 그녀가 처음에 한 말은 듣지 못한 게 분명했다.

귀를 좀 열라고. 호루라기를 불어도 알아채지 못하잖아.

학생은 춘기 씨가 목에 걸고 있는 호루라기를 흘낏 보고는 입술을 삐쭉 내밀었다. 어깨를 으쓱하더니 말도 없이 헤드폰을 다시 귀에 썼다. 그러고는 가던 길을 갔다.

센트럴파크 해수로는 한산했다. 여름 땡볕에는 수상택시도 인기가 없는지 드문드문 흰 오리배가 떠 있을 뿐이었다. 춘기 씨는 사슴농장까지 갔다가 돌아왔지만 여전히 지나가는 사람은 많지 않았다. 바쁜 걸음을 재촉하는 사람은 이 길을 이용하지 않을 거였다. 버스나 택시가 질주하는 도로 안쪽이었다. 헤드폰을 착용했다 하더라도 누군가와 함께 걷고 있는 사람은 건드리지 않았다. 그녀가 원하는 사람은 이어폰이나 헤드폰으로 귀를 닫고 있는 이들이었다. 자신이 분 호루라기에 눈길을 주지 않는 사람들이었다. 그런 사람들을 보면 참을 수가 없었다.

휘어. 휘어. 호이. 호이. 삐잇. 입술에 호각을 문 김에 그녀는 길이와 강약을 조절하며 즉흥곡을 불렀다. 삐잇. 잎스스스. 리듬을 따라 손가락을 까딱거렸다.

공중화장실은 동쪽 끝에 있었다. 입구로 들어가려는데 관리소장이 달려왔다.

토요일도 나와요? 주말에는 좀 쉬시지.

춘기 씨는 관리소장이 달갑지 않았다. 잔소리 듣는 게 싫었다.

민원 들어온 거 있어요? 없잖아. 그럼 됐지.

먼저 선수를 쳐서 상대의 입을 막아버리고 여자화장실 유리문을 밀었다.

사람들이 불편해한다고요. 공원에서 호루라기를 불면 내가 뭐가 됩니까. 남들이 보면 관리가 제대로 안 되고 있다고 생각할 거 아니에요. 하루 이틀도 아니고 내 입장도 좀 생각해주세요.

관리소장이 문밖에서 언성을 높였지만 그러거나 말거나 그녀는 길게 볼일을 봤다. 관리는 무슨 관리? 알지도 못하면서 까부네. 춘기 씨는 옷매무새를 단정히 하고 손바닥에 물을 적셔 머리카락을 반듯하게 넘겼다. 다시 유리문을 밀고 나왔을 때 소장은 보이지 않았다.

맞은편에 그녀의 목표물이 있었다. 여자였다.

이봐, 그렇게 귓바퀴를 막고 있으면 위험해.

춘기 씨가 앞을 가로막은 꼴이었으므로 여자는 그 자리에 섰다. 어딘가 사나워 보이는 인상이었지만 그녀는 다시 한 번 여자에게 하고 싶은 말을 했다.

무슨 음악 들어? 뉴스? 아무리 그래도 공원에서 귀를 막고 있으면 안 되지.

여자는 오십 대 초반으로 보였는데 춘기 씨보다 키가 두 뼘은 작았다. 여자의 대답을 기다리기라도 하는 것처럼 춘기 씨는 부드럽게 미소 지은 채 자리를 떠나지 않았다.

귀를 닫든 열든 당신이 뭔 상관인데?

의외의 반응에 춘기 씨는 흠칫 놀랐다. 여자의 얼굴은 싸늘하게 변했다.

내가 귓구멍에 시멘트를 바르든 자물쇠를 채우든 뭔 상관이냐고?

숫제 반말이었다. 예상치 못한 상황이었다. 대꾸할 말이 생각나지 않았다.

늙으면 집에나 있을 것이지. 왜 가만히 있는 사람을 건드려? 왜 이래라저래라 하냐고!

여자가 분풀이하듯 그녀에게 악을 썼다.

위험이 뭔지 모르는 사람이군. 춘기 씨는 생각했다.

애고, 귀머거리는 아닌가보네…….

내뱉은 말은 생각과 달랐다. 그녀는 말끝을 흐렸다. 자리를 피할 마음으로 여자를 지나치려다가 한 발자국도 떼지 못하고 여자에게 머리카락을 붙잡혔다.

개량한복은 왜 처입고 지랄이야. 오늘이 명절이야? 그렇게 추석이 좋고 설이 좋으면 일 년 내내 제사 지내면서 집에 처박혀 있으라고!

여자는 춘기 씨를 발로 찼다. 호루라기가 매달린 줄을 잡아당기더니 그 손으로 춘기 씨의 머리를 움켜쥐었다. 쪽진 머리가 풀어 헤쳐졌다. 여자가 좌우로 흔들던 손을 놓자 춘기 씨는 반동으로 바닥에 넘어졌다.

짜증나게 진짜.

여자는 춘기 씨를 버려두고 사라졌다.

가슴이 뛰고 다리가 부들거렸다. 목줄은 끊어지지 않았지만 갑작스런 당김에 목과 어깨가 결렸다. 몇 초 혹은 일 분쯤 지났을까. 춘기 씨는 호루라기를 불었다. 입술에 힘을 줘 세차게, 도움을 요청하는 만국공통어로 세 번 리듬을 탔다. 눈을 감고 기다렸지만 다가오는 사람은 없었다. 관리소장도 감감소식이었다. 그녀는 다시 한 번, 짧은 휘슬을 울렸다.

괜찮으세요? 경찰 부를까요?

어느 틈에 도착했는지, 젊은 남자가 말을 걸었다.

춘기 씨는 고개를 젓고, 저기까지 좀 데려다 달라고 했다. 그녀가 손가락으로 가리킨 곳은 전통기와를 얹은 낮은 건물이었다. 자주색 조끼를 입은 청년이 춘기 씨의 팔을 잡고 일으켜 세웠다. 청년에게 의지한 춘기 씨는 입고 있던 치마의 먼지를 털었다. 한옥 카페까지 이백 미터도 되지 않는 거리였는데 멀고도 멀게 느껴졌다. 입구부터 출입문까지 이어진 자갈길을 큰 돌만 골라 밟으며 걸었다. 다친 데는 없었지만 마음이 아팠고 자존심이 상했다.

카운터와 가까운 곳에 자리를 잡고 앉자 청년이 차를 가져왔다. 따뜻한 음료를 마시니 흥분이 가시는 듯했다.

멀리서 할머니 맞는 거 봤어요. 완전 묻지마 폭력 아니에요?

춘기 씨는 할머니라는 호칭이 낯설었다. 아직 할머니 소리를 들을 나이는 아니었다.

그 아줌마가 뭐라고 했어요? 왜 그런 거예요?

청년이 재차 물었다.

내가 그 여자한테 귀를 열라고 했어.

할머니한테 일부러 부딪친 거예요? 적반하장으로 때리기까지 하고요?

청년은 춘기 씨의 말에 귀 기울이지 않았다. 짐작을 앞세워 질문하기 바빴다.

내가 헤드폰을 끼고 걸으면 위험하다고 말했다니까. 내 말이 기분 나빴나 봐.

청년의 어깨 위에 검정 헤드폰이 걸쳐 있었다.

헤드폰을 착용하고 다니는 건 안 좋은 습관이야. 주변에서 벌어지는 일에 무관심하고, 나 몰라라 하고, 자기가 듣고 싶은 것만 들으면 안 된다고.

그녀의 목소리는 쟁쟁했다.

청년은 대답하지 않았다. 넘어져 있는 늙은이를 일으켜 세우고, 카페에 데려오고, 찻값도 자기가 냈는데, 고맙다는 말은커녕 헤드폰이 어쨌다고 처음 본 사람에게 충고조인지.

어쨌든 고마워. 청년 덕분에 살았네.

춘기 씨는 깊게 숨을 들이마시더니 휴, 소리를 냈다.

익숙한 간판을 달았지만 한옥 양식으로 지어진 곳이었다. 다른 지역과 달리 송도 한옥마을은 한옥이 형성되지 않은 자리에 새롭게 생겼다. 유행에 맞춰 전통적인 형태에 현대의 편의성을 갖춰 지은 신개념의 한옥이었다. 가짜 한옥, 무늬만 한옥이라는 비판도 있었지만 평가야 어떻든 춘기 씨는 집 근처에 목재 건축물이 있는 게 좋았다.

혹시 마음이 바뀌어 경찰한테 신고할 거면 전화주세요. 제가 증언해드릴게요. 일하는 중이라 가봐야 해요.

청년은 이름과 전화번호가 적힌 메모지를 놓고 갔다. 숫자 위에 '여한철'이라고 적혀 있었다.

혼자 남은 춘기 씨는 거울도 없이 대충 머리를 묶고 카페 안을 돌아봤다. 혼자 있는 테이블이 다섯, 중년 남성 둘이 마주앉은 테이블이 하나였다. 혼자 있는 사람들은 모두 이어폰이나 헤드폰을 끼고 있었다. 너무 많은 사람들이 귀를 닫고 있었다. 마트에서 복숭아를 담다가 사시사철 못 먹는 과일이 없으니 참 좋은 세상이에요, 라고 해도, 정육코너에서 돼지 부속을 사는 부인에게 그건 어떻게 요리하는 게 가장 맛있어요? 물어도 돌아오는 대답은 없었다. 무안해서 슬며시 고개를 돌려보면 모두 이어폰을 꽂고 있거나 헤드폰을 쓰고 있었다. 못 들은 척 한 게 아니라 정말 못 들은 거였다.

엘리베이터 앞에서 만난 이웃에게 요즘 너무 덥죠? 인사해도 상대는 무심했다. 밖으로 나가기도 전에 문안에서 헤드폰을 뒤집어 쓴 것이다. 이제 버스나 지하철에 나란히 앉아 있어도 옆 사람과 이야기할 수 없었다. 카페와 공원 벤치, 음식점과 옷가게, 목욕탕, 편의점 등 사람들은 많은 걸 공용으로 사용하고 있지만 그곳에서 이야기가 오가는 일은 거의 없었다.

남편은 보청기를 자주 잊고, 또 잃어버렸다. 듣는 행위를 고의로 거부하고 있다고 느낄 정도로 소리 없이 지냈다. 뉴스를 듣고 있구나 싶어 말을 걸어도 묵묵부답이었다. 화면에 나온 이미지와 텍스트로만 정보를 받아들이고 있었다. 아들은 캐나다 여자를 만나기 시작하면서 이어폰을 끼고 살았다. 시도 때도 없이 영어로 구시렁거렸다. 가족과 대화다운 대화를 하지 못한 채 보낸 시절이 반 세월이었다.

춘기 씨는 가만히 호루라기를 만지작거렸다. 대형서점 문구코너에서 산 것이었다. 입술 사이에 넣었다. 카페 안의 공기 때문인지 감촉이 유난히 차가웠다. 불 마음은 없었는데 삐 소리가 났다. 깜짝 놀라 카페를 살펴봤지만 이쪽을 돌아보는 사람은 없었다.

카운터에 가서 초콜릿 퍼지 한 조각을 주문했다. 흙색의 케이크가 벽돌 모양으로 잘라져 있었다. 입에 넣는 순간 단내가 몰아쳤다.

남편이 죽은 뒤부터 그녀는 개량한복만 고집했다. 그해, 퇴직신청을 하고 이듬해부터 학교에 나가지 않았다. 출근할 때는 매일 아침 미용실에 갔다. 월요일부터 금요일까지 미용실 사장은 춘기 씨를 위해 아침 일곱 시에 문을 열었다. 아이들 앞에 선생으로 서기 시작하면서 매무새에 신경 썼는데 아무리 해도 헤어는 혼자 감당하기 힘들었다. 팔을 뒤로 젖히고 드라이하는 자세가 춘기 씨에게는 꽤 불편한 일이었다. 잠깐만 팔을 뒤로 뻗어도 쥐가 나서 머리를 매만질 수 없었다. 모자를 쓰는 차림이 자연스러운 소풍이나 수

학여행은 그런대로 넘겼지만 학교행사가 있는 날이면 주말에도 미용실에 들렀다. 신발도 하이힐만 신었다. 커리어우먼처럼 보이고 싶었다. 퇴직을 하자 미용실 방문도 끝이 났고 습관처럼 되풀이한 패턴이 바뀌자 다른 결을 찾아낼 수밖에 없었다. 새로 만든 질서가 필요했다. 갑작스러운 남편의 죽음과 아들 내외의 캐나다 이주 이후 그녀는 개량한복을 입기 시작했다. 머리는 올백으로 넘겨 뒷목 부근에서 쪽을 졌다.

중얼거림이 늘었다. 수도꼭지를 잠그지 않았거나 전깃불을 끄지 않은 실수를 했을 때 아차, 하는 느낌으로 혼잣말하는 것과는 달랐다. 춘기 씨는 자신의 행동 하나하나를 소리 내 설명했지만 집에는 반려동물도, 그녀를 봐줄 CCTV도 없었다.

어두워지는 서쪽 하늘을 올려다봤다. 저 멀리 고층빌딩이 하늘 높은 줄 모르고 빛나기 시작했다. 바닷물로 만들었다는 호수에는 오색 전구를 단 배가 떠다녔다.

'여한철'이라고 적힌 종이를 들여다보다가 숫자를 하나씩 눌러 전화를 걸었다. 한철은 마침 알바가 끝났다고 했다.

신고하시게요?

아까는 경황이 없어서 찻값도 못 줬어. 보답을 하고 싶은데.

오늘 같은 날은 더더욱 집에 일찍 들어가고 싶지 않았다.

그러세요, 그럼. 금방 갈게요.

통화가 끊긴 전화기를 내려다보면서 춘기 씨는 피식 웃음이 났다.

　한철은 춘기 씨에게 밥을 사달라고 했다. 오는 동안 가고 싶은 곳을 검색했는지 음식점 이름을 망설임 없이 언급했다.

　일정 금액을 내면 일정 시간 동안 뷔페식으로 차려진 음식을 마음껏 먹을 수 있는 곳이었다. 한철은 스파게티와 주먹밥, 누룽지탕과 샐러드를 가리지 않고 가져다 먹었다.

　88만원 세대, 달관 세대, 3포 세대, N포 세대, 이건지 저건지 결정하지 못하는 결정 장애 세대라는 말도 있어요. 햄릿 증후군, 메이비족이라고도 하고요. 2, 30대를 달관 세대로 규정하는 건 맥 빠지는 일이에요. 찍소리도 못하고 잠자코 입 다물고 있으라는 말이잖아요.

　한철은 갓 구워진 피자를 접시에 담아왔다. 세모꼴 하나를 춘기 씨에게 건네려는 걸 그녀가 손바닥으로 막았다. 남편이 죽은 뒤 춘기 씨는 의식적으로 소식을 했다.

　탕수육 소스를 부어 먹는 게 나은지 찍어 먹는 게 나은지, 순대에는 맛소금인지 간장인지, 화장실 휴지를 벽 쪽으로 말아두는 것이 좋은지 혹은 앞쪽으로 말아두는 것이 좋은지, 눈치 없이 자주 찾아오는 이웃에게 오지 말라고 말해야 하는지 그냥 조용히 연락을 끊어야 하는지, 우리가 이런 걸 고민한다고요? 스스로 결정하지 못하고 SNS나 게시판에 물어본다고요?

춘기 씨는 청년 세대에 관해 아는 바가 없었다. 달관 세대나 3포 세대, 앵그리 세대라는 용어 모두 낯설었다.

그게 다 무슨 말이야?

춘기 씨가 물었다.

비슷비슷한 말이에요. 지나치게 세상에 달관해서 해야 할 것들을 포기했거나 분노밖에 남은 게 없다, 뭐 그런?

한철이 피자치즈를 이로 끊어내고 혀로 입술을 훑았다.

대학생?

취준생이요.

춘기 씨가 알아듣지 못했다고 생각했는지 한철이 바꿔 말했다.

취업준비생이라고요.

몇 년 전만 해도 이력서를 백 군데 넣었다 떨어졌네, 이백 군데 회사에 넣었네, 말하는 선배들이 있었는데 지금은 공고조차 하지 않는 기업이 부지기수고, 그렇다고 알바로만 때울 수도 없어서 막막하다는 이야기는 하나마나한 것일 게 빤해서 하지 않았다.

스트레스가 많겠네.

한철은 이 정도는 감당해야 한다는 듯 냅킨으로 입가를 꾹 눌러 닦았다.

술 한 잔 해도 될까요? 딱 한 잔만 할게요.

허락을 구한 게 아닌 걸 알면서도 춘기 씨는 한철의 보호자가 된 느낌이었다. 한철은 직원을 불러 맥주를 주문했다. 유리잔 두 개에

술이 채워졌다. 한철이 춘기 씨 앞으로 잔을 건넸고, 그녀는 사양
하지 않았다.

　아들마저 외국으로 떠나보낸 뒤 춘기 씨는 술을 마시기 시작했
다. 요즘은 며느리를 들이는 게 아니라 아들을 보낸다더니 처가 식
구가 있는 캐나다에 간 아들은 혼자 사는 그녀를 염려하지 않는 눈
치였다. 엄마는 왜 페북이나 인스타를 안 해? 거기서 내가 어떻게
사는지 볼 수 있는데. 춘기 씨는 아들을 컴퓨터 속에서 찾고 싶지
않았다. 디지털 세계 속에서 그리워하고 싶지 않았다.
　이 근처 살아?
　한철은 고개를 저었다.
　부평에서 매일 일하러 와요.
　부평에서 여기까지?
　송도가 맘에 들어요. 리치하고 쾌적하잖아요. 센트럴파크역까
지 33분이면 되거든요. 이쪽이 시급도 세고요.
　밥 먹기 힘들 정도로 어려웠던 적이 있다. 쌀이 없어서 밥을 먹지
못한 일이 흔했다. 한철은 그 기간이 중학교 때까지 이어졌던 걸로
기억한다. 네 식구가 한 방에서 살았다. 다른 아이들이 가지고 다
니는 가방이나 신발을 얻지 못했지만 그런 게 부럽지는 않았다. 부
모를 원망한 적도 없다. 다만 시간이 어서 흐르기를, 빨리 어른이
되기만을 바랐다. 군대 갔다 와서 집을 나가는 것이 꿈이었다. 시

간이 흐르면서 달라질 일들을 상상하는 것도 사치였다. 그저 지금 이 지나가기만을 바랐다. 군에서 제대하고도 집을 나오지는 못했다. 잠을 줄여가며 모은 돈으로 단칸방에서 벗어난 게 전부였다.

찌질하지 않아서 좋아요. 송도는 뭔가 달라요.

과거가 없는 도시. 이 도시에는 오래된 상점도 골목길도 없다. 춘기 씨 같은 노인보다 외국인이나 젊은 부부가 많다. 갯벌이 사라지고 유리와 콘크리트로 덮이면서 모든 게 변했다. 도시는 너무 깨끗하고 간편해졌다. 친구들은 모두 옛 동네로 갔다. 교통이 편리하고, 노인체육시설과 문화회관이 가까운 곳에서 그들은 끊임없이 뭔가를 배운다. 중국어, 사진, 도자기 공예 등 젊었을 때는 바빠서 하지 못했던 것들. 하늘 높은 줄 모르고 솟아오르는 콧대 높은 곳, 빌딩으로 들어찬 삭막한 도시는 싫다면서도 자식들은 이곳에 살길 원한다. 대놓고 아파트 이름을 말하고 자식들이 사는 집의 평수를 늘어놓는다. 선거철만 되면 '인천시 연수구 송도동'이 아닌 '송도구'나 '송도시'로의 승격을 요구하는 목소리가 커진다는 걸 춘기 씨는 모르지 않았다.

춘기 씨가 송도에 남은 이유는 단 하나다. 몇 년이라도 남편을 대신해서 살아주고 싶었다. 새로 만들어진 도시에서 제2의 인생을 시작하고 싶다던 남편은 퇴직 후 송도로 이사했다. 고층을 고집했고, 날마다 창가에 붙어 앉아 도시를 내려다봤다. 낱낱을 경험하는 방식이 아닌 하이앵글 각도에서 도시에 눈도장을 찍는 비현실적인 생활에 만족했다. 그러나 일 년도 채우지 못하고 암에 걸리고 말았다.

줄사택이라는 말 들어보셨어요?

창밖에 눈길을 두고 있던 한철이 물었다. 줄사택?

집이 나란히 줄지어 있다고 해서 붙은 이름이에요. 일본이 군수물자 보급공장인 조병창을 세울 때 한국 노동자들이 머물렀던 곳인데 지금은 사람이 거의 살지 않지만 철거되지 않고 남아 있어요.

한 잔만 하겠다더니 한철은 다시 술잔 가득 맥주를 따랐다. 춘기 씨의 잔이 빈 것을 보고 한 병을 더 요구했다.

아르바이트 학생이 시간이 다 됐다고 알렸다. 샐러드 뷔페 이용은 두 시간으로 제한돼 있었다. 춘기 씨는 가고 싶은 마음이 없었다. 한철은 그런 상황을 완전히 무시하고 있었다.

추가 요금 낼게요. 그럼 되죠?

알바생은 고개를 까딱하는가 싶더니 툭, 테이블 위에 맥주를 놓고 사라졌다.

젊은 사람이 참 심난하네.

한철은 대꾸하지 않았다. 그는 춘기 씨가 말한 심난한 젊은이가 타 지역에서 여기까지 시급 때문에 원정 알바를 온 케이스라는 걸 한눈에 눈치챘다. 그런 경우 이따금 여기 사람들의 여유를 참지 못하고 표정과 말투에 감정을 드러낸다. 손님이 특별히 무례하게 굴지 않아도 자신의 처지 때문에 속이 상하는 것이다. 한철은 자기

역시 심난한 젊은이에 포함된다는 걸 알았다. 타인이 그렇게 생각하거나 말거나 그는 이제 그런 것에 담담해졌다. 그도 규모가 큰 프랜차이즈 음식점에서 일한 적이 있었다. 이전에는 편의점이었다. 수십 수백 명의 손님을 대하는 게 진력나 말을 적게 해도 되는 일을 골랐다. 오리보트 점검과 보수에는 학교에서 배운 공업 기술도 써먹을 수 있었다.

서비스 업종에서 일하는 사람이 저렇게 불친절하면 쓰나.

춘기 씨는 홀을 돌아다니며 접시를 치우거나 테이블을 닦는 알바생을 자꾸 흘깃거렸다.

제 동생이 다이어트를 시작했는데 계기가 뭔지 아세요? 엘리베이터에서 어떤 남자가 하수구 냄새가 난다고 했대요. 그 안에는 둘밖에 없었고, 동생은 뚱뚱한 자신을 비난하는 말이란 걸 알았대요. 충격 때문에, 그리고 무서워서 따지지도 못했대요.

한철은 열 손가락의 손톱을 모두 세워 귀를 긁었다. 귓불을 앞으로 잡아당겼다가 다시 뒤로 끌어당기기를 거듭했다.

다섯 가구가 화장실 하나를 공유하는 그런 곳에 살았어요. 지금은 옆 동네로 이사했지만. 거기 사는 사람들은 말이죠, 신도시에 사는 선생님 같은 사람은 죽어도 이해 못 할 텐데, 송도 해돋이 공원 잔디밭에서 아이들이 뛰어놀고 부모들은 바캉스 매트를 깔고 누워 해바라기를 하고 있고, 저기 호숫가에는 노인들이 손자들을 유모차에 태우고 산책하는데 그 표정이 한 번도 본 적 없는 얼굴이고, 그들이 외국인이 아니라 한국인인 게 너무 신기해서 바라보고, 계속 바라보고, 누군가에게는 저것이 일상이란 말인가, 왜 어떤 사람들은 저런 삶을 살고 나는 그런 혜택을 받지 못하는 걸까, 운명이란 게 있다면 나는 무슨 차별 받은 운명을 타고 난 것인가, 이런 것을, 이런 생각조차 한 번도 해보지 못한 사람들이에요.

아까는 할머니라더니, 춘기 씨는 한철이 자신을 부른 '선생님'이라는 호칭을 곱씹고 있었다.

그녀는 남편에게 종종 마나님이라는 말을 들었다. 결혼하기 전까지 아들은 엄마, 엄마, 하면서 그녀를 따라다녔다. 이제는 아줌마 혹은 할머니였다. 그녀와 관계없는 사람들이 그녀를 이름 없이 대충 부르고 있었다.

입안에 음식을 넣자마자 문장으로 뱉어내기라도 하는 것처럼 한철은 먹는 일과 말하는 일에 열을 올렸다. 앉은 자세에서도 손가락으로 테이블을 두드리거나 무릎을 흔들거나 플라스틱 컵 뚜껑을 들었다 놓고, 냅킨을 접었다 펴면서 쉴 새 없이 움직였다. 진하고 술 많은 눈썹은 앞머리에 가려질 듯 말 듯했는데, 기운 따위를 모으는 양 자주 미간을 좁혔다. 아직 20대인데도 눈썹과 눈썹 사이 세로 두 줄이 확연했다.

가난한 사람들은 별로 할 게 없어요. 테니스를 칠 수도, 말을 탈 수도, 골프장에 나갈 수도 없으니까요.

그는 잔을 들어 목을 축였다.

자기도 모르게 눈과 귀가 커지는 거예요. 그래서 헤드폰을 쓰죠. 눈은 가릴 수 없지만 남들보다 큰 귀는 감출 수 있잖아요. 사정을 모르는 사람들은 어학을 습득하거나 음악을 감상한다고 생각하겠지만.

춘기 씨의 시선이 한철의 귀에 닿았다. 마주본 자리에서도 꺾어진 귓바퀴의 길이가 꽤 길었다.

한철은 낯선 노인의 손에 이만 원을 쥐어준 적이 있다. 바구니를 받쳐 들고 적선을 바라는 걸인과 달리 노인은 마른 팔로 가슴을 감싸 쥐고 있었다. 경외하듯 지나가는 사람들을 올려다보던 노인의 커다란 눈동자에 한철은 울컥했다. 쭈글쭈글하고, 더럽고, 작고, 자신과는 완전히 다른 사람이었는데도 한철은 순간 그 노인이 자신과 닮았다고 생각했다. 도움을 바라는 행위가 아닌 상처 입을까 봐 겁먹은 몸짓. 한 시간 반을 일해야 벌 수 있는 돈을 노인의 손에 쥐어주고 계단을 올라온 한철은 곧 자신의 행동을 후회했다. 돈을 쥐어줌으로써 노인과 거리를 둔 것이다. 지난해의 일이었고 그날 이후로 자기도 모르게 귀가 커졌다 작아지곤 했다.

영업 끝났습니다.

춘기 씨가 심난하다고 평했던 알바생이 메마른 음성으로 말했다.

잘 먹었습니다.

꾸벅 고개를 숙이고 자리에서 일어난 한철은 중심을 잡지 못한 채 휘청거렸다. 맥주 한 잔에도 취하는 체질이라는 걸 춘기 씨가 알 리 없었다. 계산을 하고 나온 춘기 씨가 건물 밖에서 택시를 잡으려고 했지만 한철은 지하철을 타겠다고 우겼다.

센트럴파크역에서 탈 거예요. 센트럴파크부터 부평까지 33분이면 돼요. 얼마나 가까운데요. 하지만 분위기는 하늘과 땅 차이죠. 전 여기가 좋아요. 불쑥 솟아올라 씩씩하게 서 있는 저 빌딩들이요.

한철은 손가락 하나를 비스듬히 뻗은 채 제자리에서 한 바퀴 돌았다. 그러고는 어깨에 걸쳐 있던 헤드폰을 머리에 둘렀다. 투박한 데다 귀를 감싸는 볼이 너무 커서 얼굴의 반을 가렸다.

보세요. 당당하잖아요! 반짝반짝 빛나잖아요! 저 안 취했어요, 선생님.

춘기 씨는 낮에 한철이 그랬던 것처럼 팔에 힘을 주어 그를 부축했다. 춘기 씨는 장신에 속했고, 두 사람의 키는 엇비슷했다. 지나가는 사람에게 가까운 지하철역이 어느 쪽인지 물었다. 서쪽으로 5분만 걸으면 국제업무도시역이 나온다고 했다. 한철은 도시를 배회하는 좀비 같았다. 쓰러지지는 않았지만 몸을 똑바로 세우지 못한 채 기우뚱거렸다. 개찰구를 지나 춘기 씨는 한철과 지하철을 탔다. 국제업무도시역은 종착역이자 시발역이었고 출입문은 열려 있었다. 그들은 노약자석이 아닌 일반석에 나란히 앉았다. 한철이 꾸벅꾸벅 졸기 시작했다.

어제 잠을 못 잤어요. 매일 이러는 건 아니에요…….

쫑쫑거리며 입술을 달싹였다.

서울과 인천을 연결하는 것이 아닌 인천 지역만 오가는 지하철이 있다는 건 알았지만 타본 적은 없었다. 지하철을 타고 갈 데가 없었다. 백화점도 마트도 병원도 전부 송도국제도시에 있었다.

부평까지 가는 시간은 꽤 지루했다. 춘기 씨는 노선표를 따라 정차역의 이름을 훑었다. 송도에서 멀어질수록 명칭마저 아득해지는 기분이었다. 안내방송을 듣고 그녀는 졸고 있는 한철의 어깨를 흔들었다. 한철은 흠칫 놀라더니 눈을 크게 뜨고 주위를 둘러봤다.

괜찮아요, 저는 괜찮아요.

부평역 출구를 찾아 모퉁이를 도는데 바닥에 돗자리를 펴고 앉아 있는 무리가 보였다. 한눈에 나이 지긋한 노인들이라는 걸 알수 있었다. 선캡을 쓰고 부채를 든 모양새가 바람 쐬러 나온 동네 주민 같았다. 기차역이 아니니 탈것의 출발을 기다리는 상황도 아니었다. 여행 떠나는 복장과도 거리가 멀었다.

어르신, 여기에 이렇게 계시면 안 된다고요. 자꾸 민원이 들어와서 저희가 곤란해져요. 집으로 돌아가세요.

역무원으로 보이는 남자가 돗자리 주인을 향해 말했다. 이미 안면이 있는 모양으로, 한두 번 주의를 준 게 아닌 것 같았다.

여기만큼 시원한 데가 없다니까 그러네.

아집이 잔뜩 묻어 있는 어투였다. 노인은 역무원의 시선도 피하지 않았다. 선캡으로 얼굴을 가리고 부채질을 하고 있는 노인들은 남자의 말을 듣는 둥 마는 둥했다.

한철이 이제 오나.

그중 한 노인이 자리를 비우고 다가왔다. 모자도 쓰지 않고 부채도 들고 있지 않았다. 버릇인 양 잇달아 손부채질을 했다.

또 나오셨어요?

적적해서 그랬지.

한철은 얼른 노인의 팔짱을 꼈다. 그들의 뒷모습을 좇다가 춘기 씨는 두 사람의 귀가 토끼 귀 모양으로 불쑥 솟아올라 있는 것을 보았다. 불현듯 뒤통수 옆으로 늘어진 네 개의 귀는 모자(母子)의 느린 걸음에 맞춰 천천히 덜렁거렸다. 출구로 가던 한철이 걸음을 멈추고 춘기 씨를 향해 머리를 숙였다. 그의 귀가 아래로 툭 떨어졌다. 춘기 씨는 모른 척했다.

인천지하철1호선 하행선 플랫폼에는 습한 바람이 불었다. 후텁지근한 습기에 꺅꺅 새 울음소리가 섞여들었다. 고개를 들었지만 하늘은 캄캄했고, 플랫폼 처마 위에 검은 새 한 마리가 앉아 있었다. 긴 형광등과 형광등 사이였다.

송도가 본격적으로 갯벌을 매립할 때 그녀는 환경단체 시위를 자주 목격했다. 새들의 떼죽음을 규탄하는 단체행동이었다. 계획적인 매립과 개발로 서식처를 잃은 새들이 좁은 곳에 몰려 살아서 세균에 감염되고 또 전염됐다고 했다. 방송은 수백 마리 새들이 물에 젖은 스펀지처럼 쌓여 있는 장면을 보도했다. 그중에는 아직 날개를 파닥이는 어린 새도 있었다. 살다 보면 저런 일은 흔하지. 그

때는 무심했다. 왜 지금 그 새들이 생각났을까.

날개 달린 것들이 위험지역을 떠나지 못하고 부리를 맞댄 채 죽었더라고. 안전한 곳을 찾아 휘휘 날아가면 될 텐데. 이 도시 말이야, 흔적도 없이 사라지는 건 아닐까?

세 명이 앉을 수 있는 의자에는 춘기 씨뿐이었다. 돌아오는 대답은 없었다.

목에 걸려 있던 은색 호루라기를 불었다.

삐이. 삐이. 호이. 호이. 휘어. 길이와 강약 따위는 잊었다. 휘어휘. 삐잇. 읻스스스. 호루라기 안에서 플라스틱 구슬이 빠르게 구르는 소리가 들렸다. 계단을 올라오던 사람들이 힐끔힐끔 춘기 씨를 쳐다봤다. 삐잇. 읻스스스. 삐잇. 그들 중 누구도 그녀의 장단에 호응하지 않았다. 이제는 헤드폰을 쓴 사람이 있는지 주변을 둘러볼 필요가 없었다. 눈앞을 스치는, 늦은 밤의 발걸음만 내려다봤다. 스스스스스스스. 호루라기를 문 입술에 힘이 약해지면서 바람 빠지는 소리가 났다.

다음 날 춘기 씨는 대형서점 문구코너에서 값비싼 헤드폰을 샀다. 헤드 부분에 꽃무늬 천이 덧씌워져 있어 직원이 안내해주기 전까지 헤어밴드로 착각했을 만큼 고급스러운 것이었다. 몇 개 써본 뒤 머리를 가리는 폭이 좁고 무늬가 화려한 걸로 골랐다. 두툼하고 폭신한 덮개로 귀를 감싸니 세상이 한순간에 고요해졌다. 자동차

경적과 바퀴 굴러가는 소리, 윙윙거리는 에어컨 모터와 상점 문틈 사이로 흘러나오는 가요, 누군가의 부름과 욕설, 메아리 없는 비명, 휴대전화 벨소리와 메시지 도착음, 보행을 알리는 신호음도 들리지 않았다. 장마철의 우산처럼 젖지 않게, 뙤약볕의 양산처럼 마르지 않게, 헤드폰이 자신을 보호해주는 느낌이었다. 식사를 하면서도, 볼일을 보면서도 그녀는 헤드폰을 벗지 않았다. 아침 드라마를 볼 때도 헤드폰을 쓰고 있었다.

가
까
운

그
리
고

시
끄
러
운

손에 쥔 것. 방금 쥐었던 것. 놓친 것. 날카롭고 날선 것. 손톱보다 센 것. 아픈 말보다 더 아픈 것. 늘 주머니에 넣고 다녔지만 손에 잡힐 줄 몰랐다. 사람을 향해 파고들 줄 몰랐다. 드르륵 밀려 나왔고, 허공을 갈랐고, 대상을 향해 나아갔다. 물컹한 살 안에서 납작한 몸체를 비틀었고, 금세 빠져나와 바람을 탔고, 잽싸게 다시 파고들었다. 오른손이 한 일이었다. 뚝뚝. 붉은 피가 흘렀다. 바닥을 적셨다. 생명을 위협하는 색. 추운 나라에서 빨강은 긍정적인 의미지만 뜨거운 열기로 고통 받는 곳에서는 나쁘게 쓰인다. 어느 나라, 어느 시대에서는 '빨갛게 만든다'는 말이 '죽인다'는 언질과 같다. 오, 나를 저 붉은 것에서 구원하소서.

사내의 비명. 사내의 욕. 머릿속을 헤집어 놓는 것. 뼈를 깎는 것.

마음을 갉는 말. 나는 사내와 눈을 마주치지 않는다. 올라가야 한다. 위로 가야 한다. 뒷걸음질이 아니라 발을, 떼야 한다. 계단 쪽으로. 쇠사슬이라도 묶인 듯, 무겁다. 한 발 또 한 발. 피 묻은 손으로 주머니를 뒤적인다. 아무것도 없다. 다행히 깨끗한 왼손이 남았다. 옥상 문을 열어줄 열쇠가 손에 잡힌다. 위로 가자, 위로.

경비일지를 작성하고 있다가 문 두드리는 소리에 화들짝 놀랐다. 창으로 스며든 햇살에 깜빡 졸았나보다. 우리 나이에 졸음 참기란 오줌 참기보다 어렵다. 안경을 벗으며 일어섰다. 승리 엄마가 팔짱을 끼고 서 있었다. 아저씨, 우리 애 야단 치셨어요? 다짜고짜다. 표정관리를 잘해야 한다. 일반적인 얼굴, 아니, 그보다 부드러운 얼굴. 야단은요. 엘리베이터 버튼을 죄 눌러 놓는다고 항의가 들어와서 그러지 말라고 한 것뿐입니다. 괜히 기가 죽었다. 좋은 말로 하면 되지, 애를 협박하셨다면서요? 협박은. 주민들이 불편하니까 그러지 말라고 하면서 승리의 등을 살짝 쳤다. 승리 엄마는 우리 애가 없는 말을 지어냈다는 거냐며 언성을 높였다. 먼지를 닦는 척하며 낮게 한숨을 내뱉었다. 그 녀석 참……. 버릇처럼 모자를 고쳐 쓰고 의식적으로 입꼬리를 올렸다. 웃어야 한다. 송구필, 웃어. 제가 심했습니다. 주의를 준다는 게 그만 무서운 말을 했는지도 모르겠네요. 화 푸시고 올라가세요. 승리 엄마는 꼼짝하지 않았다. 나는 승리가 말썽쟁이에다 거짓말쟁이라고 고자질하지 않앉다. 입주민이라는 위세를 등에 업고 찍찍거리는 사람들. 나는 소리로 위치를 들키는 사람이 아니다.

관리소장은 인사말을 전하기도 전에 얼굴이 벌게져 있었다. 영차 영차, 힘을 내는 모양으로 천천히 자리에서 일어났다.

재활용 폐지 수익금이 예년보다 많이 나왔습니다. 오늘은 따로 회비 걷는 일 없으니까 많이들 드세요. 다 같이 위하여 한 번 합시다.

술잔을 들었다.

우리 아파트를 위하여.

우리들의 아파트가 아니라 우리 아파트.

위하여.

고기가 익고 술잔이 돌았다. 김 씨와 마주앉은 나도 동으로 북으로 주거니 받거니 했다. 빗질에 쓸리면 그만인 말들이 오갔다.

당장 물이 안 나온다는데 어떡해. 그럴 리가 없다고 여기면서도 올라갔지. 그랬더니 여자가 보란 듯이 속옷 바람으로 서 있는 거야. 어쩌자는 건지 아주 당당하더라고. 학교 선생인 걸 알고 있었으니 더 놀랐지.

김 씨가 손가락으로 눈이 커지는 시늉을 했다.

그걸 가만뒀어? 굴러들어온 복을?

관리소장이 끼어들었다.

새로운 얘기도 아니었다. 곰팡이나 푸른 이끼 같은 이야기라고 생각하고 있었다.

　김 씨는 거, 90도로 인사하는 거 그만두면 안 됩니까. 보기 불편하다고 이따금 청원이 들어오는데, 허리 안 아파요? 아침에 단지 앞 지나는 차가 몇 댄데 일일이 인사를 해요?

　소장은 술을 좋아한다. 몇 잔만 마시면 얼굴이 붉어지는데도 붉으면 붉은 대로 모른 체 술을 마신다.

　미안합니다. 의원님 차 운전할 때부터 버릇이 돼 놔서. 한 번 꼬부라지니까 허리 펴기가 쉽지 않아요.

　구부정한 자세 탓일까. 나보다 젊은데, 김 씨는 나보다 늙어 보인다. 어른에게나 아이에게나 언제나 먼저 인사한다. 고개를 숙이고, 얼굴에 주름을 만들며 미소 짓는다. 김 씨가 말하는 '의원'은 한 명이 아니다. 김 씨는 오랫동안 정치인의 차를 몰았다. '큰 배경'을 가진 양 착각에 빠질 법도 한데, 김 씨는 자신을 안다. 혼자 보는 탁상용 액자를 걸개그림으로 착각하지 않는다.

　송 씨, 천육백오 호 대학생 요즘도 여전해?

　소장을 향해 피식 웃었다. 여전하다는 대답 대신이다.

　초보운전 스티커를 붙이고 다니는 여대생은 운전이 서투르다. 주차구역 안에 차를 넣지 않고 흰 선을 자동차로 가린 채 시동을 꺼버릴 때가 많다. 차를 바로 세워달라고, 두 대 댈 걸 한 대밖에 못 대지 않느냐고 말하면 금방 나갈 거라고 대꾸한다. 그녀에게는 30분도 금방, 두 시간도 금방이다. 낮에는 주차장이 텅텅 비는데

편한 대로 하면 어떠냐고 반문한다. 여러 사람이 사는데 지킬 건 지켜주셔야죠. 저한테 왜 그러시는 거예요? 우리가 야단맞습니다. 곤란하다고요. 저 그렇게 몰지각한 사람 아니에요. 다른 주민한테 피해만 안 주면 되잖아요? 피해가 된다고…… 백오십 번쯤 말한 것 같다.

내 고민은 그런 게 아니다.

매일 밤 화단을 더럽히는 놈을 알고 있다. 플라스틱 백, 담배꽁초, 참치 캔, 우유팩. 술병과 구겨진 신문지도 떨어뜨린다. 고의로 창밖에 던지는 게 틀림없었다. 쓰레기통을 통째로 쏟아부은 것 같은 날도 있었다. 바람의 속도나 물건의 질량에 따라 반경이 좁거나 넓지만 위치를 크게 벗어나지 않았다. 1009호 사내 소행이다. 전날 내게 줬던 것과 같은 요구르트 병을 발견한 날 확신했다. 입주민의 성의, 혹은 선의를 거절할 수 없었다. 사내가 요구르트를 건네기에 받았고, 마침 목마른 티를 내며 그 자리에서 마셨다. 쓰레기통에 버리려다가 우연히 날짜가 지났다는 걸 알게 됐다. 혼자 사는 탓에 음식을 오래 두고 먹어 유통기한을 확인하는 버릇이 있다. 처음에는 실수겠지 했다. 사내는 자주 경비실에 내려왔고 매번 마찬가지였다. 어떤 날은 음료 두 개를 들고 와 나란히 서서 함께 마셨다. 가고 나서 확인해보면 역시나. 별 탈은 없었지만 찝찝한 건 사실이었다. 고약한 버릇이라고 여기면서도 신경 써줘서 고맙다고 말했다. 1009호 사내가 술에 취해 들어오는 날이면 내가 다 멍이 들었다. 부축해 엘리베이터에 태우면서 팔이나 다리를 벽에 부딪쳤다. 이마가 찢어진 적도 있다.

식당 안이 연기로 가득 찼다. 고기 굽는 냄새. 상처를 토해내는 말 냄새. 사람 숨 냄새.

송 씨는 맨날 뭘 그렇게 찍어요?

소장이다. 지난번에도 물었는데 또 묻는다. 볼 때마다 묻는다.

혼자는 심심하니까 얘랑 같이 허송세월하는 거지 뭐.

이전 대답과 똑같다. 토씨도 틀리지 않은 말을 마치 처음 한다는 듯이 했다.

전에 보니까 1단지에도 가는 모양이던데. 지긋지긋하지도 않아요? 아파트에 뭐 들이댈 게 있다고. 난 쉬는 날엔 주민들 만날까 봐 밖에도 나오기 싫던데.

사복 입고 있는데도 알아보고 일 시키려 드는 사람들이 있다니까. 몸종 둔 것도 아니고 염치도 없지. 송 씨한테도 그러지?

김 씨가 물었다.

빤히 보이는데 안 도와줄 수도 없고……. 모른 척할 수도 없고…….

주민들은 경비가 직업의 한 종류일 뿐 부려먹는 존재가 아니란 걸 자꾸 잊어버린다.

같은 일을 하는 사람끼리 모이는 일은 흔치 않다. 일 년에 한 번? 그 시간에 근무가 걸리면 공짜 술도 못 얻어먹는다. 예전에 무슨 일을 했는지, 가족은 있는지 같은 대화는 몇 마디로 끝이고 만나면 입주민 얘기뿐이다. 좋은 사람은 가슴에 품고 싫은 사람은 독한 말로 푼다.

이 거리를 다 걸어보다니. 운동 삼아 오른 적도 없는 길을.

꼭대기에 다다르면 내 자신에게 잘했다고 상이나 줄까.

어느 순간, 어느 사건 안에서는 지나온 생이 주마등처럼 스친다는데 숨이 가빠선지 느릿느릿 떠오른다. 후들거리는 다리 때문에 두 계단을 한꺼번에 오르는 건 무리다. 돌이라도 매단 듯, 무겁다. 한 발 또 한 발. 어쩜 이렇게 계단이 고를까. 폭도 높이도. 어쩜 이렇게 아름다울까.

한 회사에서 30년을 일했다. 자동차의 부속품을 다루는 곳이었다. 몇 년도에 생산된 내수용 차의 헤드라이닝과 범퍼의 부품번호, 어느 해에 생산된 수출용 차의 선바이저와 백미러 번호를 모두 알고 있다. 반듯하고 성실한 회사원을 꿈꿨다. 술로 사람들과 어울리기보다 일에 파묻혀 지냈다. 억제하면서 살았다. 혹시 실패할까 봐. 좋은 필체로 칭찬받았고, 적은 말수로 신임을 얻었다. 자식이나 사촌을 내 일에 끌어들이지 않았다. 사교적이지는 않았지만 특별히 문제된 적은 없다. 내 할 일만 잘하면 됐으니까. 경비원은 다르다. 해야 할 일을 하고도, 지켜야 할 것을 지키고도 지적을 받았다. 느린 말투에 대해, 걸음걸이에 대해, 웃을 때의 입꼬리에 대해. 감시하는 사람도 없는데 잠깐 쉬는 동안에도 눈치가 보였다. CCTV가 나를 따라다니는 것도 아닌데 종종 꼬리를 밟힌 것처럼 마음이 무거웠다.

공원을 가로질러 버스를 탔다. 버스는 좁은 골목을 지나 감나무 집, 솔방울집 같은 식당이 모여 있는 마을에 섰다. 지난주 숙제는 여백이 있는 사진 찍기였다. 강사는 불을 끄고 슬라이드를 보여줬다. 안개 낀 호수에 나무 한 그루가 서 있거나 물체의 일부만 넣어 감성을 강조한 사진들이었다. 사물을 구도에 맞게 배치시키는 것이 아니라 부재의 아름다움을 드러내는 연습이었다.

사진 강좌 수강생은 열댓 명으로 남자 여자가 반반이었다. 나는 중형 카메라가 든 검정 가방을 어깨에 메고 갔다. 첫 수업 날, 강사가 보여준 사진은 유별났다. 아무것도 모르는 내가 봐도 시시했다. 기다란 것이 나무인지 전봇대인지 구분이 안 갔고, 사람은 반쪽만 있고, 텅 빈 하늘이나 시커먼 흙만 찍혀 있었다.

시각 장애에는 전맹과 저시력, 두 부류가 있습니다. 촬영할 때는 조금 볼 수 있는 아이와 전혀 볼 수 없는 아이가 한 팀이 돼요.

강사는 시각 장애 학교에서 사진반을 꾸리고 있었다. 정상 시력을 갖지 못하고, 아예 보지 못하는 학생들도 사진반에서 활동한다. 사진을 알기 시작한 이후 아이들이 꿈을 꾸기 시작했다. 강사가 직접 찍은 아이들 사진에는 작가가 되고 싶은 학생은 책을, 화가가 되고 싶은 학생은 붓과 팔레트를 들고 있었다. 마이크를 쥐고 있는 학생, 바이올린을 연주하는 학생. 한 남학생은 흰 가운에 청진기를 귀에 걸었다. 이 시리즈로 전시회도 열었다고 했다.

아이들이 꿈이 뭐냐고 물으면 전 몸이 반응하는 거라고 대답합니다. 보지 못하고, 듣지 못해도 느낄 수는 있어요. 갈망하는 감정은 쉽게 전달되죠.

결과물을 보지 못하는데도 아이들이 사진 찍는 걸 좋아합니까?

내가 궁금했던 걸 누군가 물었다.

찰칵 하는 셔터 음이, 버튼을 만지는 감촉이, 소풍 같은 야외 촬영이 좋아서 사진반에 머물 수도 있어요. 그거면 돼요. 사진을 인화하면 아이들을 불러 자기 사진을 만지게 해줍니다. 이쪽이 하늘이고 이곳에 스피커가 달린 전봇대가 있어. 전깃줄은 하나, 둘, 셋, 넷. 여기, 네 발도 찍혔네. 신발이 물웅덩이에 조금 젖었고. 손으로 짚어주죠. 아이들은 손으로 사진을 느껴요. 색깔도 보고 사람도 보고 형체도 보죠. 어떤 건 마음에 들어 하고, 어떤 건 싫다고 해요. 사진전을 열 때마다 전시할 사진도 직접 골라요. 크기도 결정하고요.

은행나무는 늙은 코끼리 같았다. 오백 살이라던가. 울타리가 쳐져 있어서 가까이 다가가지는 못했다. 마른 가지를, 몸통에 닿는 햇볕을, 잎을 흔드는 바람을 바라봤다. 시간을 붙들어 맨 것처럼 서 있었다. 술래잡기 놀이에 끼지 못한 아이처럼 혼자 나무 주위를 돌았다. 은행나무는 사람보다 훨씬 먼저 지구에 와 이 땅에서 번성하기 시작했다. 굵은 빗금이 그어진 몸통은 내 몸 같았다. 열매 맺지 못하는 수놈. 가을바람에 나비 날갯짓처럼 펄럭였을 나뭇잎은 거의 떨어졌다. 밟으면 부서질 듯 바싹 말라 있었다.

찍고 싶은 대로 찍으세요. 억지로 할 이유도 없고 불가능한 기법에 도전할 필요도 없어요. 기쁘면 기쁜 대로 슬프면 슬픈 대로 마음을 보여주세요. 마음만큼 예민한 건 없어요. 기가 막히게 잘 번지죠. 찍는 사람의 마음이 사진에 다 나타나요. 보는 사람도 그걸 알아채죠.

세상이 바뀌듯 날마다 달라지는 나를 사진으로 기록했다. 보이는 건 내가 아니지만 마음을 담아 누르는 순간, 마주한 것이 곧 나다. 시나브로 내가 됐다.

남들은 제한 없이 셔터를 누른 다음 나중에 보기 좋은 걸 고른다는데 나는 그게 잘 안 됐다. 각도니 구도니 맞추는 데 시간이 걸렸다. 프레임을 채우는 것보다 비우는 게 더 힘이 들었다. 돌멩이도 들어오고 구름도 들어오고 개도 들어왔다. 몸을 최대한 낮췄다. 여백을 담기 위해서는 그럴 수밖에 없었다.

승리 아빠가 출근길에 명함을 줬다. 와이프가 나가면 전화로 알려달라고 했다. 망설이면서 명함을 받았지만 그렇게 하겠다는 대답은 하지 않았다. 오후에 승리 엄마가 나가면서 아저씨, 저 나가는 거 못 보신 거예요, 아셨죠? 했다. 몇 시간 뒤에 들어오면서 또,

오늘 저 나갔다 온 거 아니에요. 제 얼굴 못 본 거예요. 딴말하시면 안 돼요, 다짐시켰다. 나는 명함에 있는 번호로 전화를 하지도 않고, 여자의 말에 걱정 말라고 응수하지도 않았다. 그건……, 하면서 말끝을 흐렸을 뿐이다. 마지막 순찰을 마치고 돌아오자 승리 아빠가 경비실 앞에 서 있었다. 남자는 날 보자마자 멱살을 잡았다.

너가 뭔데? 네까짓 게 뭔데 주민이 부탁하는 거 하나 못 들어줘? 너가 내 와이프 책임질 거야? 책임질 거냐고?

모자가 바닥에 떨어졌다.

이 손 놓고 말씀하시죠.

말씀은 무슨 말씀! 와이프 나갔을 때 왜 전화 안 했어? 내가 명함 줬잖아!

남자는 나보다 어렸다. 한참 어려 보였다.

누가 연락했는지 관리소장이 헐레벌떡 뛰어왔다.

사장님, 이러시면 안 됩니다. 참으세요. 이거 놓고 얘기하세요.

관리소장이 남자와 나를 떼어났다. 남자가 이번에는 관리소장의 목덜미를 끌어당겼다.

뭐 이 새끼야, 대체 경비들 관리를 어떻게 하는 거야? 어떻게 하길래 경비가 입주민 알기를 쥐똥으로 알아?

남자가 소장의 가슴팍을 밀쳤다. 소장이 몇 걸음 뒤로 물러났다. 남자는 엘리베이터 쪽에, 나는 경비실 쪽에 서 있었다. 수는 이쪽이 더 많은데 그래도 풀이 죽었다.

할 일이 있고 하지 말아야 할 일이 있습니다. 이치가 그렇지 않습니까.

다부진 어투로 이야기했다.

그래서 지금 내가 잘못했다는 거야? 감시하라는 것도 아니고 나갔다 안 나갔다, 그거 알려주는 게 뭐가 어려워? 너희들, 내가 가만 안 둬.

남자는 엘리베이터를 타고 올라갔다.

관리소장이 주저앉으며 한숨을 쉬었다.

망할 놈. 입주자 대표랑 형, 동생 하는 사이라던데. 대표가 저놈한테 꼼짝 못한다잖아.

소장은 담배를 꺼내 물었다.

조만간 나랑 같이 가서 사과합시다. 영문 모르게 잘린 사람 숱하게 봤으니까……. 그런 줄 알고 계세요.

소장이 밀치고 나간 문이 가늘게 떨리는 걸 보다가 경비실에 쌓인 택배 박스를 발로 걷어찼다. 박스에 찍힌 발자국을 도둑놈 지문 지우듯 열심히 손으로 쓸어 없앴다.

강사가 수강생들이 제출한 사진을 보여줬다. 이미지를 한 장 한 장 넘길 때마다 사람들은 묻지도 않았는데 어디서, 어떻게 찍었는지 얘기했다. 시청에서 일하는 아들놈이 다녀오라고 성화를 해서 마누라랑 태국에 갔다 왔다. 사원도 많고 찍을 게 널렸었는데 새로

산 카메라가 손에 익지 않아서 몇 장 못 건졌다. 모교인 백 년 전통의 초등학교에 가봤다. 낙서 하나 없이 깨끗해서 도리어 낯설게 느껴졌던 담벼락과 지금은 너무나 작아 보이는 동상을 찍었다. 골목길 풍경을 살리면서 하굣길의 아이들을 포인트로 넣으려고 얼마나 애썼는지 모른다. 손주 보는 맛에 산다. 다리가 불편해서 오래 못 걸으니 집에서 애들만 찍게 된다. 때마다 표정이 달라도 배경이 비슷해서인지 지루해 보이는 것 같다. 마누라 얼굴은 못 쳐다보겠다. 한 번 찍어달라고 하는데 어째 찍는 내가 더 쑥스러워서 차일피일 미루고 있다……. 강사는 수강생들의 사연과 변명을 모두 들어줬다. 사진에 어울리는 이야기를 적어봤다며 노트를 꺼내 읽는 수강생도 있었다.

숙제가 담긴 폴더는 가나다순으로 정리돼 있었다. 김, 권, 박, 그리고 송 순이었다. 사람들의 말이 길어져 수업 종료 시간이 지나서도 감상이 이어졌다. 내 이름이 적힌 폴더를 열며, 강사는 이제부터 사진을 조금 빨리 넘기겠다고 했다. 내가 제출한 사진은 열 장이었다. 자갈밭 위의 낙엽, 특이하게 깎인 돌, 가로등. 나머지 세 장은 위에서 아래로 흐릿하게 노란 빛이 이어져 있는 사진이었다. 강사가 뭘 찍은 거냐고 물었다. 은행나무 잎이었다. 장소가 어디고, 날씨가 어땠고, 잎이 떨어지길 기다리느라 얼마나 거기 있었는지는 말하지 않았다. 왜 그 나무여야 했는지, 낙하하는 잎이 내게 어떤 의미인지 궁금해 하는 사람은 없었다. 슬그머니 자리를 뜨는 사람도 있었다. 꽃가루인 것도 같고 빛줄기인 것 같은 느낌이 아주 좋습니다. 한때는 장군의 칼처럼 든든했지만 지금은 쓸모없어진 요새 같아요. 강사가 말했다.

사진의 기초는 독학으로 익혔다. 카메라가 집에 있는지도 몰랐다. 누군가 사두기만 하고 쓰지 않았는지 새것이나 마찬가지였다. 메모리와 충전기를 구입하고 설명서를 얻어서 읽고 또 읽었다. 버스를 타고 낯선 동네에 가서 찍고 싶은 만큼 찍고 돌아왔다.

사진은 말이 없습니다. 이미지로만 존재하죠. 한 장의 사진을 여러 사람에게 보여주고 설명하도록 해보세요. 열이면 열 모두 다르게 말합니다. 좋은 사진, 좋지 않은 사진을 논하는 것은 의미가 없어요. 즐기면서 접근하는 것이 중요합니다. 사진은 노동이 아니라 유희거든요. 혼자 사는 늙은 여인을 어떻게 표현하면 좋을까요. 팔찌, 의자, 바구니, 어떤 것도 여인과 연결될 수 있어요. 작가가 생각한 모든 것이 주제가 되고 이야기가 될 수 있습니다.

김 씨가 경비실 밖에 서 있었다. 오른손에 붕대가 감겨 있었다. 재게 걸었다.

어쩌다 그랬어?

재수 없어서 그랬지 뭐.

새벽에 나와 보니 엘리베이터 앞에 검정 비닐이 있었고, 들여다보니 신문지만 있기에 그게 전부인 줄 알았고, 종이를 재활용함에 넣으려고 비닐봉지에 손을 집어넣는 순간 깨진 병 조각에 손가락을 베였다고 했다.

꿰맬 정도는 아닌 것 같아서 응급처치만 했어. 장갑 끼는 걸 깜빡 했구먼…….

쓰레기를 만지기 전에는 항상 면장갑과 고무장갑을 넉넉히 꼈다.

어느 놈이 그런 걸 거기다 놓고 갔는지…… 엊그제는 종이 담는 포대기에 누가 개똥을 잔뜩 버렸더라고. 피 묻은 생리대를 놓고 가질 않나…… 늘그막에 뭔 못 볼꼴을 이리 보는지…….

죽은 강아지도 나왔다면서?

장 씨가 봤다지 않아? 또 한번은 고양이가 나오고. 그럴 거면 키우질 말지, 기를 땐 지 새끼 다루듯 하다가 코 묻은 휴지 버리듯 하니 원…….

김 씨가 한숨을 내쉬며 현관 손잡이를 당겼다.

병원에 안 가도 되겠어?

마누라 봬주고, 가게 생겼으면 가고.

내리막을 걷는 김 씨의 뒷모습이 그늘을 잔뜩 지고 있는 것처럼 힘겨워 보였다.

참, CCTV 돌려봐. 또 이벤트 메시지가 떴어.

뒤돌아선 김 씨가 소리쳤다.

나보고 쓰라고?

부탁허이.

움직임이 없는데 CCTV 저장기가 '이벤트'로 인식할 때가 있다. 정지 상태처럼 보이는데도 몇 분, 몇 초간 녹화를 한다. 육안으로는 어떤 소리도, 동작도 감지할 수 없는데.

놀이터에서 사고가 났을 때 전날 밤의 CCTV를 돌려본 적이 있다. 3개의 이벤트 중 알 수 없는 기록이 한 건. 술에 취해 그네에 머물다 간 사람도, 새벽이슬을 맞으며 아옹다옹하는 고양이도 보이지 않았다. 3분 53초간의 정적. 이벤트가 발생하면 시간과 함께 내용을 일지에 적어야 한다.

기계는 이벤트라고 판단했지만 사람이 볼 때는 에러인 화면을 어떻게 설명해야 할까. 바람이 심하게 분 것 같음. 희미하게 발자국 소리가 들리는 것으로 보아 먼 곳의 걸음을 감지한 듯함. 오토바이 브레이크 소리가 들렸음. 한쪽 모서리에 빛이 수그러든 것으로 볼 때 녹화권 바깥의 가로등이 꺼진 것으로 짐작됨. 김 씨와 나는 최선을 다해 문장을 만들어 냈다. 하지만 우리끼리는 귀신이 왔다간 섯 아니냐고, 망토 입은 서양 유령일지도 모른다고 수군거렸다. 볼륨을 높이고 눈을 크게 떠도 아무것도 보이지 않았기 때문이다.

그네와 미끄럼틀과 정글짐과 루프 사다리를 받치고 있던 기둥이 무너졌을 때 죽은 아이는 하나였다. 기차 모양으로 생긴 몸체 아래 앉아 있던 아이의 머리 위로 쇠파이프 같은 게 툭 떨어졌다. 미끄럼틀을 떠받치고 있던 기둥과 몸체의 연결고리가 끊어진 것이다. 아이들이 악을 썼고, 놀란 아이들이 병원에 실려 갔지만 다친 아이는 여자아이뿐이었다. 수술을 시도했지만 성공하지 못했다. 아이는 놀이터에 혼자 나와 있었고 부모는 집에 없었다. 사건 사고를 겪은 후 그 집처럼 늦게 이사를 간 경우도 드물었다. 노모가 친구들과 헤어지기 싫다며 끝끝내 버텼다고 들었다. 자식을 가슴에 묻고 두 해를 더 산 부모는 노모의 사십구제 후에 아파트를 떠났다.

사고 전날 밤 3분 53초간의 정적. 이전까지는 색다른 '이벤트'에 관해 고민할 필요가 없었다. 누가 봐도 분명한 형체가 나타났다가 사라졌기 때문이다. 보이는 그대로 묘사하면 됐다. 안타까운 죽음 이후 일주일에 한 번꼴로 알 수 없는 이벤트가 감지됐다. CCTV 점검 청년에게 물어봤지만 "그런 일은 있을 수 없어요." 그는 단호했다. 다른 곳에서도 사례가 없다고 했다. 김 씨와 내가 눈도 어둡고 청력도 약하다고 여겼을 테지. 청년은 매달 한 번 왔고 그가 확인할 때는 깔끔했다. 기묘한 이벤트는 없었다. 청년이 이해하지 못할 것 같아 베란다 난간을 비추는 CCTV를 달 수 있는지 물어보지 않았다. 증거가 있어야 화단을 더럽히는 놈을 잡을 수 있는데. 누군가의 도움 없이는 불가능했고 김 씨는 나를 도울 힘이 없었다.

가만 안 두겠던 승리 아빠는 나를 만나주지 않았다. 모자를 벗고 허리를 굽혀도 무시로 일관했다.

젊은 사람이 일했으면 한대요. 늙으면 촌스럽다나 뭐라나.

관리소장이 말했다.

경비가 세련돼서 뭐하려고?

내가 반문했다.

젊으면 얼마나 젊은 사람을 원하는 걸까?

조기퇴직 후 한 살이라도 젊을 때 이 일을 시작하는 사람도 많다고 들었다.

글쎄, 우리보다 젊은 사람을 말하는 거겠죠.

우리보다?

소장은 나보다 다섯 살이 어렸다.

정문 앞에서 조화를 샀다. 빨강과 파랑이 섞인 튤립이었는데, 가운데가 텅 빈 도넛 모양이었다. 장례를 치른 뒤 한동안 아내의 얼굴이 생각나지 않았다. 검은색 배경에 구멍 뚫린 동그라미뿐이었다. 사진을 한참 들여다보고서야 안심을 했다. 삼십 년을 함께 산 사람의 얼굴을 기억하지 못하다니. 아내가 떠난 뒤 아들과도 소원해졌다. 딸이었으면 조금 달랐을까. 아들 내외가 한국에 있었다면 자주 연락하며 지냈을까. 큰 손주가 돌을 넘기자마자 연고도 없이 미국에 갔다. 샌프란시스코에 있다가 로스엔젤리스로 갔는지, 로스엔젤리스에 있다가 샌프란시스코에 갔는지 여전히 헷갈린다. 무슨 회계사 자격증을 땄다고 들었다. 먹고 살만하니 돌아오지 않는 거겠지. 전화비 많이 나오니 이만 끊자, 나는 잘 지내니 자주 전화할 필요 없다는 말을 진심으로 들었는지 명절에도 연락이 없다. 지난 새해에는 눈을 떠서야 부재중 전화가 찍힌 걸 확인했는데 시차를 염두에 두지 않은 건지 한국 시간은 새벽 세 시 반이었다. 미국에서 낳았다는 작은 손주는 목소리도 듣지 못했다. 또 사내아이라고 했다. 계집아이였다면 얼마나 좋았을까. 빨주노초파남보 무지개 같지 않았을까.

납골당은 복도를 사이에 두고 호텔 룸처럼 마주보고 있었다. 방마다 꽃 이름이 붙어 있는데 아내가 있는 국화실은 VIP룸이다. 빛이 잘 비추는 곳. 다른 곳과 마찬가지로 유리로 된 단이 서랍처럼 차곡차곡 쌓여 있지만 창으로 해가 가장 많이 드는 방이었다. 요금이 부담돼서 정작 맨 아랫단을 고를 수밖에 없었다. 죽음은 바닥부터 천장까지 틈이 없었다. 생과 졸 아래 세로로 적혀 있는 년, 월, 일은 아무리 들여다봐도 어색했다. 다른 나라, 다른 시대에서 온 숫자 같았다. 유리에 붙어 있던 잔디를 떼어내고 고리에 튤립을 걸었다.

실내 납골당을 지나면 유방 같은 봉분이 솟아 있는 묘지였다. 안쪽으로 들어갔다. 포장된 길을 벗어나 산속을 걸었다. 묘지는 산을 깎아 만든 계단 형태였다. 곳곳에 둥그런 봉분이 있고, 주위에 반달 모양으로 낮게 흙담이 쳐졌다. 흙담을 밟고 전봇대처럼 박힌 나무를 지나쳤다. 묘목은 흔히 볼 수 없는 형태로, 뚱뚱하거나 빼빼 말랐다. 쿵쿵 내리 누르듯 걸었다. 무덤이 가지런하지 않아 걸음이 갈지(之) 자로 비틀거렸다. 길이 아닌 길은 풀을 헤치고 갔다. 묘지의 무질서에는 조화의 화려함이 한몫했다. 걸음을 멈추고 뒤돌아섰다. 억새가 바람에 날리고 잔디가 반짝 빛났다. 다시 비틀비틀. 산꼭대기에 있는 정자 앞에서 호흡을 골랐다. 묘지가 한눈에 내려다보였다. 왼쪽에는 불 밝힌 도시의 집들이 빽빽하게 숲을 이루고 있었다. 살아 있는 사람들이 모여 사는 찬란한 숲.

1009호 사내는 술주정이 심했다. 내가 네 밥줄을 쥐고 있다거나, 먹여 살리고 있다는 말은 하지 않았지만 늘 '나는 10층에 산다'고 소리쳤다. 나는 10층이고 당신은 0층이야. 1층이 아니라 0층. 왜냐. 당신 집은 여기 없거든. 당신 위에 내가 있다는 걸 알아둬. 잘 기억해두라고. 이 아파트에 사는 누구도 그런 말을 하지 않았다. 1009호에 사는 사내만 자신의 위치를 강조했다. 사내의 말투 속에서 그와 나의 거리는 서울과 독도만큼 멀었다. 택시가 서고, 누군가 소리를 지른다. 얼른 뛰어나가 부축하려 들면 내버려두라는 듯 팔다리를 힘차게 휘두른다. 부여잡아 진정시키려고 애쓰는 내 몸도 덩달아 무거워진다. 여섯 계단을 올라 현관에 들어선 뒤 엘리베이터 앞까지 오는 데도 진을 다 뺀다. 당신은 0층이야 0층. 잘 기억해두라고. 사내는 반복했다.

아내의 유골을 납골함에 넣어두는 게 아니었다. 이럴 줄 알았으면 훨훨 날려버릴걸 그랬다. 생애 끝까지 바라봐주지 못할 거였으면.

김 씨, 내 말 들려? 이렇게 유서를 남겨도 될까?

입술을 깨물며 부탁할 사람이 자네밖에 없네…….

현관문을 열면 오른쪽에 작은방이 보일 거야. 거기 내가 평생 찍은 사진이 있어. 구름, 정류장, 폐허, 반쪽, 웃음, 기념일. 또 뭐가 있더라……. 차곡차곡 쌓은 박스에 이름이 붙어 있어. 놀라지 마. 모두 나를 찍은 사진이야. 그래, 전부 나야. 내 얼굴, 내 손, 내 귀, 내 고추. 자고 일어나자마자 찍었고, 밥 먹는 모습을 찍었고, 우울한 나를 찍었어. 내 이빨, 내 주름, 내 털, 내 배꼽. 아팠을 때도, 취했을 때도 삼각대 앞에 앉았어. 내가 어떤 사람인지 알고 싶었어. 거울을 보다가 문득 낯선 느낌이 들어 한참 바라봤는데 울컥 눈물이 쏟아졌어. 나를 잘 모르겠더라. 시각 장애가 있는 아이들이 사진을 찍고, 보고, 느낀다는 것에 대해 생각해봤어. 나는 뭘 볼 수 있을까. 내가 보고도 보지 못한 것은 무엇일까. 나를 말하는 게 쉽지 않았어. 익숙한 것만 했어. 다른 나를 싫어할까 봐, 잘 안 될까 봐 두려웠거든. 사진은 사실의 기록이자 상상력의 소산이래. 하나로 정의될 수 없는 거래. 내 이불, 내 숟가락, 내 비누, 내 슬리퍼. 보는 사람마다 모두 다른 말을 하겠지? 아파트 안에 있는 나와 아파트 밖에 있는 나. 각자 다른 이야기를 듣겠지? 나를 찍기 시작하면서 혼자가 아니라는 생각이 들었어. 분신이 생긴 느낌이랄까. 쓸쓸했으니까.

사진전으로 장례식을 대신해줘. 박스 안에 담긴 시간과 발, 눈과 바람을 묶어줘. 빈 말과 가득찬 말, 후회와 감사를 모아줘. 내 짧은 삶을 색 바랜 벽지 위에 덮어줘. 액자는 필요 없어. 쉽게 붙일 수 있는 테이프면 충분해. 4 곱하기 6 사이즈도 좋고, 그보다 조금 더 커도 괜찮아. 송구필 사진전. 검정 바탕에 노랑 글씨가 따뜻하지. 처음이자 마지막일 테니 몇 회를 알리는 숫자는 필요 없어. 단체전 할 일도 없으니 개인전이라고 명명할 이유도 없지. 사진전으로 만족해. 그 말이면 됐어. 영정사진은 금방 찾을 수 있을 거야. 웃으려고 했는데 잘 안 됐어. 거실 벽에 걸려 있잖아.

사진전 한 번 열어야지? 장 씨가 말했었어. 그이라면 거절하지 않을 거야. 경로당 입구와 사랑방 벽에 사진을 붙이게 해줄 거야. 보잘것없는 나지만 한 번쯤은 괜찮잖아? 3일도 좋고 단 하루라도 고마워. 노인들이 나를 배경으로 십 원짜리 고스톱을 치고 막걸리 내기를 했으면 좋겠어. 잘 지내고 있다고 부모를 속이는 자식들의 전화를 받다가 사진을 감상하고 있다고 전했으면 좋겠어. 누군가 자신과 닮은 사람을 보기 위해 비집고 들어오면 불평 없이 엉덩이를 빼줬으면 해. 영정이 놓인 책상 밑에서 낮잠을 자는 동안 단꿈을 꾸어도 좋지. 우리 나이에 꾸는 꿈은 발 없이도 만 리를 가잖아. 있잖아, 은행나무는 코끼리가 웅크리고 앉은 것처럼 거대했어. 그 나무는 인간보다 훨씬 오래 전 지구에 도착해 지금까지 살아남았대. 3억 년 전이라던가. 김 씨, 여기야 여기. 인간 세상이 묘지처럼 내려다보이는 곳. 1009호 사내보다 높은 곳.

우리 아파트 옥상에서 내려다보는 세상이 순간, 무덤 같다.

머릿속을 헤집어 놓는 것. 뼈를 깎는 것. 마음을 갉는 말. 뒷걸음질이 아니다. 발을, 떼야 한다. 앞으로.

한 발 또 한 발.

나는 소리로 위치를 들키는 사람이 아니다.

택배 서비스는 12시까지라는 걸 누구보다 잘 아시잖아요.

내 놔.

사내는 쉽게 말을 놓는다.

오늘 당장 필요한 거라면 좀 더 일찍 내려오셨어야죠.

필요한 거 아닌데? 그냥 지금 찾고 싶어서 그러는데?

왜 이렇게 시비조일까. 왜 이렇게 까다로울까. 늘 주머니에 넣고 다녔지만 손에 잡힐 줄 몰랐다. 사람을 향해 파고들 줄 몰랐다. 드르륵 밀려나왔고, 허공을 갈랐고, 대상을 향해 나아갔다. 물컹한 살 안에서 납작한 몸체를 비틀었고, 금세 빠져나와 바람을 탔고, 잽싸게 다시 파고들었다. 오른손이 한 일이었다. 뚝뚝. 붉은 피가 흘렀다. 바닥을 적셨다. 언제부턴가 빨강에 끌렸다. 사랑과 증오의 색. 피와 생명의 색. 열정과 환희의 색. 부활절 직전의 일요일, 예수의 수난을 기억할 때 가톨릭 사제는 붉은 제의를 입는다. 진한 빨강은 진취적인 행동을 나타내고 어두운 빨강은 조용한 밤을 나타낸다. 빨강, 희생된 제물의 피.

인
턴

1.

지금은 아무 말도 하고 싶지 않다. 나는 이룩의 물음에 대답하지 않는다. 말하고 싶지 않은 날이 있다. 벙어리 행세를 하는 것이 아니라 침묵하는 것이다. 지금 나는 이룩에 대해서, 그리고 이룩과 관련된 어떤 얘기도 하고 싶지 않다. 마음속으로 이룩의 질문을 센다. 한 번, 두 번, 세 번, 나는 여전히 입을 열지 않는다. 이룩에게 화가 난 것은 아니다. 좋은 점 한 가지만 말해봐. 그래도 한 가지는 있을 거 아냐. 이룩은 자기의 좋은 점을 말해달라고 재촉한다. 난 너의 장점을 열 가지, 아니 백 가지라도 말할 수 있어. 내 단점을 장점이라고 우겨도 좋아. 한 가지만. 응? 이룩이 소리를 높인다. 이룩의 시선이 느껴지지만 나는 여전히 고개를 숙인 채 팔짱을 끼고 앉아 있다. 이룩과 눈을 마주치고 싶지 않다. 나는 성대 사용을 금지당한 사람처럼 입을 다물고 있다. 오늘은 더 이상 말하기 싫다는 말도 하지 않는다.

저녁을 먹고 술집으로 자리를 옮긴 뒤 나는 불현듯 이런 말을 뱉어낸다. 너의 안경, 너의 주름, 너의 피부색, 너의 허스키한 음색이 견딜 수 없어. 너와 있는 시간이 즐겁지 않아. 얼굴이 변한 이룩이 내 얘기를 가볍게 넘기려고 하자 나는 이렇게 덧붙인다. 진지해야 할 때는 좀 진지해 줄래? 그리고 입을 다문다. 이룩의 장점이 생각나지 않는다. 말하지 않는 게 아니라 말하지 못하는 걸지도 모른다. 나는 당신을 생각한다. 당신이라면 내게 이런 식으로 강요하지 않을 거라고 여긴다. 당신은 이룩처럼 눈치 없이 물고 늘어질 사람이 아니다. 당신은 금세 상태를 파악하고 나를 집으로 돌려보낸 뒤 며칠 후 다시 얘기를 꺼낼 게 틀림없다. 이룩은 내가 헤어지자는 말이라도 한 것처럼 나를 몰아세운다. 내 앞에서 대답을 강요한다. 나는 이룩에게 지지 않기로 한다. 힘이 될 것 같아서 그래. 한 가지만 말해주면 내가 힘이 될 것 같아서. 이룩이 한숨처럼 말한다. 이룩의 약한 모습에 혐오감을 느낀다. 나는 흔들리지 않는다. 나는 이룩에게 힘을 주고 싶지 않다. 이룩이 나를 붙잡을 힘을 놓아버렸으면 좋겠다고 생각한다. 나는 고집 센 사람이 아니다. 나는 타인의 성질을 돋워 일부러 화나게 하는 사람도 아니다. 나는 누군가의 자존심을 건드려 상처 주는 일을 즐기지도 않는다. 화낼 수밖에 없는 상황에서도 나는 최대한 자제하는 편이다.

하지만 나는 지금 고집을 부린다. 내 고집은 이룩을 마음 상하게 하고 이룩을 자극한다. 이룩은 연거푸 술잔을 비운다. 내 대답을 기다리고 있다는 것을 손의 움직임으로 알린다. 내가 대답할 말을 찾고 있다고 생각하는 걸까. 내가 고민하고 있다고 여기는 걸까. 내 머릿속은 점점 텅 비어가지만 당신의 얼굴은 떠나지 않는다. 당신 때문에 나와 마주 앉아 있는 이룩이 거슬린다. 당신이 이룩과 함께 있는 나를 보게 될까 봐 이 자리가 불편해진다. 나는 빨리 이곳을 벗어나고 싶다. 이룩이 화장실에 가기 위해 자리에서 일어난 뒤 나는 가방을 들고 술집에서 나온다.

한 달 전에 갔던 부서 야유회에서 나는 당신에게 반한다. 일흔명이 넘는 사람들은 선발대, 후발대로 나뉘어 오후 늦게 모두 양평에 도착한다. 먼저 출발한 사람들이 장을 보고 밥을 하고 고기를 구웠다. 인턴사원인 나는 사람들하고 어울리는 것이 낯설다. 술이라도 마시면 두려움이 조금 가시겠지만 나는 고기와 술을 즐기지 않는다. 구원자를 찾아보지만 같은 팀의 여 선배는 여기저기서 바쁘게 술잔을 부딪치고 있다. 먼저 말을 건넬 주변머리도 없어서, 나는 자리를 지키는 정도로 조용히 옆 사람과 대화를 나눈다. 옆자리는 비워졌다가 채워지고, 아무도 앉지 않았다가 지나가던 사람이 우연히 자리를 차지하기도 한다. 모닥불이 피워지고 사람들이 불가로 모여든다. 이제야 제자리를 찾은 듯 나는 모닥불의 주변인이 된다. 누군가 옛 노래를 부른다. 서 있던 사람들이 어깨동무를 하며 노래를 따라 부른다. 어느새 다가온 당신이 내 어깨에 손을 올린다. 이런 날은 그냥 이렇게 노는 거예요. 내가 쑥스러워하는 것을 눈치챈 당신이 다정하게 말한다. 키가 큰 당신의 오른쪽 어깨가 내 쪽으로 기울어진다. 하지만 당신은 노래가 끝날 때까지 팔을 풀지 않는다. 내 손은 당신의 어깨에 닿지 않는다. 그렇다고 당신의 허리에 감을 수도 없다. 두 팔은 어정쩡하게 차려 자세를 하고 있다. 나는 당신의 행동이 동료애 이상의 그것은 아님을 안다. 나는 그만큼의 관심과 친근함이 마음에 든다.

2.

　술집에서 나온 나는 집까지 걷기로 한다. 무악고개를 넘으면서, 집 근처 교회 정원 앞을 지나면서 숲 냄새를 맡는다. 나무가 많은 곳에서 나는 잎사귀들의 향기다. 교회 앞에서 휘파람을 분다. 내 휘파람 소리는 입술을 오므려 입김을 불어서 나오지 않고 숨을 들이마시면서 난다. 그렇게 숲 냄새를 끌어당기면 작은 풀잎 하나 정도는 빨려 들어온다. 나는 가끔 숲속에서 누군가 날 끌어당기는 상상을 한다. 청량한 풀잎 향을 거부하지 못하는 나는 낯선 이에게 이끌릴 수밖에 없다. 하지만 그런 일은 일어나지 않는다.

골목에 들어서자 집 앞에 이룩이 앉아 있다. 오늘은 더 이상 이룩을 보지 않을 거라고 믿었던 나는 조금 억울한 마음이 든다. 나는 이룩에게 다가가 앉아 있는 이룩을 내려다보며 집에 가라고 한다. 오늘은 아무 말도 하고 싶지 않다고 말한다. 나는 성큼성큼 걸어 들어가 문을 잠근다. 내 걸음과 표정에서 분노를 눈치채고 이룩이 그만 돌아갔으면 좋겠다. 뒤따라온 이룩이 손잡이를 돌렸다가 문이 잠긴 걸 알고 쾅쾅 문을 두드린다. 큰소리가 싫은 나는 할 수 없이 문을 열어 똑같은 말을 반복한다. 오늘은 얘기하고 싶지 않다고, 다음에 얘기하자고. 이룩이 나를 옆으로 밀어내고 들어온다. 나는 이런 상황에 조금 짜증이 난다. 이룩은 신발을 벗고 방으로 들어간다. 나는 욕실에 들어가 문을 잠근다. 변기 위에 앉아 깊은 한숨을 쉰다. 내가 사는 곳을 이룩이 알고 있다는 것에, 그래서 무턱대고 찾아온 것에 나는 마음이 수선스러워진다. 오늘은 얘기하고 싶지 않다는 말을 무시하고 집에 들이닥친 이룩에게 적의를 느낀다. 이런 일이 한 번도 없었기 때문에 어떻게 해야 할지 모르겠다. 지금이라도 갔으면 좋겠다. 지금 떠나주면 나는 오늘 침묵한 것에 대해, 술집에서 말없이 나온 것에 대해 반성할 것이다. 집까지 찾아온 이룩에게 신경질적으로 군 것을 미안해하며 이룩에게 사과할 것이다. 지금만 아니라면 언제라도 차분히 얘기할 수 있을 것이다.

나는 집 밖으로 나가기로 한다. 이룩이 나가지 않는다면 내가 나갈 수밖에 없다. 나는 욕실 문을 열고 성난 걸음으로 현관까지 간다. 신발을 신고 문을 반쯤 열었을 때 달려 나온 이룩에게 팔목이 잡힌다. 놓으라고 하지만 이룩의 손아귀에서 벗어나지 못한다. 그 위압에 소리 지르고 싶은 걸 가까스로 참는다. 누구에게도 현재 내 상태를 알리고 싶지 않다. 나는 사람들이 알지 못하게 이 일을 해결하고 싶다. 이룩은 거칠게 현관문을 닫으며 내 손을 이끌고 방으로 간다. 나는 이룩에게 힘으로 지배당한다. 이룩은 나에게 도대체 왜 이러지는 모르겠다고 말한다. 말도 없이 사라져서 걱정했다고 한다. 부랴부랴 택시를 타고 왔다고 한다. 만나면 커피 한 잔 마시면서 얘기할 수 있을 거라고 생각했다고 한다. 자신의 행동이 지나친 건 아니지 않느냐고 한다. 지금 이룩과 나는 뭔가 잘못됐다. 이룩은 무모할 정도로 한심하고 나는 속절없이 비겁하다. 어쩔 수 없이 방으로 들어간 나는 바닥에 앉아 무릎을 세우고 그 위로 고개를 묻는다. 나는 이룩에게 다시 한 번 가라고 말한다. 부탁이라고, 제발 다음에 얘기하자고 한다. 나는 화를 낼 수도 있고 소리를 지를 수도 있다. 하지만 나를 자학하고 싶은 욕망이 불거진다. 모든 게 내 잘못이라는 생각이 든다. 골목에서 이룩을 봤을 때 뒤돌지 않은 것을 후회한다. 이룩이 문을 두드렸을 때 잠금장치를 푼 것을 후회한다. 나는 지금 힘없는 동물이다. 나는 무거운 몸을 일으킨다. 이룩이 다시 팔목을 잡는다. 이제 이룩의 행동은 폭력적이다. 이룩은 내가 집에서 내 마음대로 움직이는 걸 막고 있다. 내 의사를 무시하고 내 움직임을 저지하고 내가 원하지 않는 걸 하도록 요구하고 있다.

3.

나는 화장실에 가고 싶다고 한다. 그래도 이룩은 팔목을 놓지 않는다. 나는 급하다고, 다소 누그러진 애원조로 말한다. 차분할 정도로 부드러운 말투에 구토를 느낀다. 요의를 느낀다는 말은 거짓이 아니었다. 하지만 이런 기분에서, 이룩이 내 공간에 침입해 있는 상태에서 소변을 누는 일이 부끄럽게 느껴진다. 화장실에 들어간 나는 휴대전화를 챙기지 못했음을 안다. 경찰에 전화를 걸어 집에 모르는 사람이 있다고 말하고 싶다. 낯선 사람이 내 집에서 나가지 않는다고 말하고 도움을 청하고 싶다. 나는 거울에 비친 얼굴을 본다. 분노와 원망과 실망으로 가득한 모습이다. 취업준비생들 사이에서 체력도 스펙이라는 말이 돌았다. 취미와 특기란을 채우기 위해 복싱과 주짓수, 마라톤을 시작한 후배들이 있다는 말이 들렸다. 면접관이 체력은 좋은지, 취미로 하는 운동이 있는지 묻는다고 했다. 취미란에 복싱을 적었더니 흥미를 보였다는 둥 끈기 있음을 어필하려면 마라톤이 딱이라는 둥 하는 찌라시가 떠돌았지만 최종합격자의 말은 아니었다. 주짓수가 뭔지 찾아봤더니 여성이 남성을 제압할 수 있는 유술 같은 거라고 했다. 공대 쪽은 현장근무가 많아서 체력점수도 높대. 키 작고 왜소하면 면접에서 밀릴 수밖에 없지. 요가나 등산은 면접관한테 어필하기엔 너무 평범하잖아. 아직 덜 유명하고 극한 운동인 주짓수가 딱이야. 집이나 카페가 연상되는 독서나 음악감상보다 활동적인 사람으로 보이는 운동이 낫지 않아? 복싱이나 무술은 배우고 싶지 않았다. 독서와 음악감상은 진짜 취미가 아니어서 적을 수 없었다. 매일 가다시피한 도서관 로비에 합창단 모집 포스터가 붙어 있었다. 20대 이상 구민이면 누구나 지원할 수 있었다. 조화와 인정이 요구되는 합창이라면 면접관이 흥미를 가질 만하다고 생각했다. 지원자들은 대부분 중년여성과 은퇴한 어르신이었다. 30대 강사와 나, 이룩은 어린 축에 속했다. '담배 가게 아가씨'를 연습했는데 강사가 이룩과 내게 남녀 부분 솔로를 맡겼다. 기왕 젊은 사람이 있으니 스토리 있는 가사의 매력을 살리자는 것이었다. 어르신들이 박수로 환호했다. 솔로라면 합창단 경험 이상의 괜찮은 스펙이 되겠다는 생각이 들었다. 나는 이룩과 자주 눈을 맞췄다. 목젖까지 보이도록 입을 크게 벌리세요. 노래방에서 하는 것처럼 자신 있게 내지르세요. 이 정도밖에 안 된다고요? 좀 더 지르세요. 강사는 이룩과 내 음성에 설렘이나 끌리는 마음이 전혀 실려 있지 않다고 지적했다. 실제로 아가씨를 꾀는 것처럼, 정말로 새침한 아가씨처럼 노래해야 한다고 강조했다. 반복되는 연습에도 나아지지 않는 것 같았는지 이룩은 솔로를 바꿔달라고 했다. 나는 그가 포기하지 않고 계속해주길 바랐다. 이룩을 좋아하고 있었다. '신선 합창단'은 구민의 날 행사에서 복고풍의 복장으로 무대에 섰고, 환호 속에서 '담배 가게 아가씨'를 열창했다. 스펙 따위는 완전히 잊은, 함께한다는 기쁨과 흥분으로 가득한 시간이었다. 행사 후 강사의 계약해지로 합창단은 와해됐다. 구청 담당자는 모르는 일이라고만 했다. 다시 변기 위에 앉는다. 한숨을 쉬거나 고개를 파묻는 일 외에는 달리 할 것이 없다. 나는 이룩이 갈 때까지 욕실 문을 열지 않을 것이다. 내 방에서 나가지 않는 이룩이 지겹다. 이 상황이 진절머리 나도록 지겹다. 라이터를 켜는 소리가 들린다. 이룩이 욕실 문밖에서 담배를 피우고 있다. 나는 담배 냄새를 싫어한다. 나는 누구에게도 내 집에서 담배 피우는 것을 허락하지 않았다. 그런데 지금, 이룩이 담배를 피운다. 아까부터 줄담배를 피우고 있었는지도 모른다. 나는 이렇게라도 이룩과 떨어져 있는 것에 안도한다. 하얀색 페인트가 칠해진 나무문이 이룩과 나를 갈라놓고 있다. 이룩이 돌아가기 전까지 이 문은 열리지 않을 것이다.

4.

너랑은 통하는 게 많다고 생각했어. 너랑 나는 좋아하는 것도 비

숫하잖아. 그래서 오래 만날 수 있을 것 같았어. 쌀국수에 고수를 넣어 먹는 게 좋았어. 액션보다 공포 영화를 선호하는 것도 같았잖아. 패밀리 레스토랑을 좋아하는 여자를 사귄 적이 있는데 맞춰주는 것도 한두 번이지 결국 그것 때문에 헤어지게 되더라. 그런 게 좋았어. 대부분의 사람들이 유행에 따라 좇는 걸 너는 너 나름의 이유로 꺼린다는 점이. 가끔 네가 하는 말을 듣고 있으면 마치 다른 세계에 살다 온 사람처럼 느껴졌어. 내가 만났던 여자들과는 달랐지. 가만히 있는 것이 그의 얘기를 경청하는 걸로 보일까 봐 나는 이를 닦기로 한다. 칫솔 끝부터 끝까지 치약을 묻혀 아주 느리게 손을 움직인다. 칫솔질을 하는 내 손은 어떤 소리를 만들어 내기 위한 움직임에 불과하다. 이런 말, 네가 싫어할지도 모르지만, 예전에 6개월 정도 사귄 여자가 있었는데, 그 친구는 섹스 한 다음에 꼭 이를 닦았어. 담배를 피우는 여자, 관계 후 바로 샤워를 하는 여자, 옷을 꿰입는 여자는 봤지만 이를 닦는 여자는 처음이었어. 세수를 하는 것도 아니고 정말 이만 닦고 오는데 난 그게 너무 싫더라. 나는 이룩이 왜 이런 말을 하는지 모르겠다. 나는 이룩의 말을 듣고 싶지 않다. 이룩은 투병 중인 아버지 얘기며 구애를 받아주지 않는다로 이유로 칼로 손목을 그었던 여자 얘기도 한다. 나는 찬물로 몇 번이고 얼굴을 씻는다. 수건으로 얼굴을 닦고 귀를 가려 소리를 거부하는 동작을 취한다. 나는 이룩의 과거가 궁금하지 않고 이런 식으로 그의 가족 얘기를 듣고 싶지도 않다. 나는 말하고 싶지 않은 침묵과 듣고 싶지 않은 침묵을 동시에 원한다. 하지만 이룩은 철저히 이기적이다. 수건으로 귀를 감쌌지만 내 귀는 그의 말을 받아들여서 계속 이룩의 목소리가 들린다. 너랑은 잘 살 수 있을 것 같았어. 사생활을 존중하는 동거인처럼 서로를 배려해줄 거라고 생각했어. 결혼해서 섹스를 하지 않아도 괜찮을 것 같았어. 둘 다 자유로운 프리랜서여도, 그냥 모든 게 나쁘지 않을 것 같았어.

　나는 수도꼭지를 돌린다. 샤워기로 찬물이 쏟아져 나온다. 나는 머리 위로 샤워기에서 나오는 물을 뿌린다. 금세 옷이 젖고 몸에 찬 기운이 번진다. 쏟아지는 물줄기에 이룩의 목소리와 내 생각이 쓸려 내려간다. 더 이상 이룩의 말소리가 들리지 않는다. 이룩이 내뱉는 담배 냄새가 맡아지지 않는다. 나는 이룩을 괴롭히고 싶은 마음으로 나를 괴롭힌다. 이룩에게 호스를 들이대고 싶은 마음으로 물이 뿜어져 나오는 호스를 내게 겨눈다. 이룩의 말을 거부하고 인정하지 않는 대가를 치른다. 젖은 옷이 몸에 달라붙는다. 욕실 바닥에 쪼그려 앉은 나는 바지를 입은 채로 오줌을 눈다. 다리 아래로 뜨거운 물과 차가운 물이 섞여 흐른다. 머리에서, 얼굴에서, 눈에서, 입술에서 물이 흘러내린다. 몸이 떨리고, 윗니와 아랫니가 강하게 부딪친다. 나는 머리 위로 올렸던 손을 아래로 내리지만 물을 잠그지는 않는다. 내가 하는 짓을 눈치챈 이룩이 그만하라고 외친다. 나는 이룩을 참을 수가 없다. 내 자신을 견딜 수가 없다. 다음에 얘기하자고? 다음이 언젠데? 다음이 언젠지만 말해주

면 갈게. 다음이 언제야? 내일 볼 수 있는 거야? 내 전화는 받을 거
니? 나는 샤워기를 세면대 위에 올려놓고 욕실 바닥에 주저앉는
다. 몸이 떨리면서 본능적인 신음 소리가 난다. 딱딱거리는 소리를
멈추려고 이를 악물어보지만 오한이 들며 더욱 심하게 이가 부딪
친다. 나는 몸과 마음으로 울부짖는 동물이 된다. 두 팔로 가슴을
감싸 안으며 나는 당신을 생각한다. 창문을 깨고, 창문 밖에 달린
안전창살을 뜯어낸 뒤 당신에게 달려가고 싶다. 젖은 입술로 당신
과 키스하고 젖은 몸으로 당신에게 안기고 싶다. 나는 당신이 보고
싶다. 나를 질리게 하는 사람 따위는 다시 만나고 싶지 않다. 이룩
은 자신이 원하는 걸 포기하지 못하는 만큼 타인의 욕망도 강하다
는 걸 모르고 있다. 자기가 대답을 듣고 싶은 만큼 상대는 대답하
기 싫을 수도 있다는 걸 모르고 있다. 나는 그런 이룩이 가엾고 딱
하다. 이것만 대답해줘. 다음이 언제니? 다음이 언젠지만 말해주
면 갈게. 그것만 대답해. 나는 다음 같은 건 없다고 한다. 다시 한
번, 다음 같은 건 없다고 또박또박 말한다. 이룩은 내 말을 해석하
고, 확인한다. 다시는 안 볼 거란 뜻이니? 나는 그렇다고 한다. 다
시는 보고 싶지 않다고 대답한다. 너, 정말 사람 질리게 하는구나.
너처럼 형편없는 사람과 만났던 내 자신을 저주해. 나는 속엣말을
한다.

5.

　나는 한눈에 당신을 알아본다. 당신은 어떤 옷이든 잘 어울리지만 나는 특히 양복을 입은 당신의 뒤태를 좋아한다. 나는 당신을 따라간다. 출근길 환승로는 분주하지만 나는 당신을 놓치지 않는다. 나는 플랫폼의 타는 곳 앞에서 걸음을 멈춘 당신과 조금 떨어진 곳에 선다. 나는 당신에게 인사를 하고 싶다. 안녕하세요? 라고 말하며 미소를 짓고 싶다. 하지만 짧은 인사 뒤의 서먹함이 두렵다. 나는 말하는 걸 즐기는 편이 아닌 데다 가능하면 아침에는 말을 적게 하려고 애쓴다. 나는 당신의 뒷모습을 보며 출근하는 쪽을 택한다. 당신의 뒤를 따라가는 내 걸음은 평소보다 조금 조급하다. 빌딩 안, 당신이 먼저 엘리베이터에 타고 내가 뒤따라 타면서 문을 향해 돌아선 당신과 눈이 마주친다. 당신과 나는 거의 동시에 서로에게 목례를 한다. 나는 당신이 내 얼굴에 깃든 반가움을 알아줬으면 좋겠다. 문이 닫히기 직전, 같은 부서에서 일하는 남자직원이 엘리베이터 안으로 들어온다. 남자직원은 지하식당에서 아침을 먹고 오는 길이라고 한다. 나는 당신이 아침을 먹었는지 궁금하다. 나는 늘 당신의 배가 든든했으면 좋겠다. 아침마다 회사 앞 포장마차에서 당신과 야채토스트를 먹는 상상을 해본다. 나는 커피우유를 좋아하는데, 당신은요? 나는 차실에서 당신과 또 마주친다. 차실에 들어서기 직전 당신이 종이컵에 믹스커피를 붓는 소리를 들는다. 나는 들어가려던 걸음을 멈춘다. 차실은 두 사람이 함께 있기에는 조금 비좁다. 당신은 내게 또 뵙네요, 라고 말한다. 나는 당신과 우연히 마주치는 일이 잦았으면 좋겠다. 같은 사무실을 사용하긴 해도 팀이 다른 탓에 부딪칠 일이 별로 없다. 나는 부끄러운 듯, 하지만 활짝 웃으며 네, 라고 대답한다. 당신은 양손에 종이컵을 들고 나온다. 오른손에 쥔 컵에 녹차 티백의 실끈이 달랑거리는 게 보인다.

나는 이룩에게 걸려오는 전화를 받지 않는다. 이룩이 보낸 문자 메시지는 미안하다는 말로 가득하다. 나는 이룩의 맥락 없는 사과를 받아들이지 않는다. 미안하다고 말할 사람은 나지 이룩이 아니다. 그런데 이룩은 내게 잘못을 빌고 있다. 아니다. 더는 따지고 싶지 않다. 미안함, 누구의 잘못, 사과, 그런 것을 멀리하고 싶다. 하지만 왠지 이룩의 생각이 머릿속에서 떠나지 않아 일에 집중하기가 힘들다. 해체한 지 1년도 넘은 신선 합창단의 '담배 가게 아가씨'가 자꾸 재생된다. 퇴근 시간을 넘긴 뒤에도 나는 사무실을 나가지 않는다. 금요일이어서지 동기들이 술을 권한다. 나는 피곤하다는 이유로 모두 거절하고 버스를 탄다. 시간이 더 걸리더라도 퇴근할 때는 창문을 열 수 있는 버스가 좋다. 오늘 같은 날은 더더욱 버스를 탈 수밖에 없다. 저녁 바람에 머리카락이 날린다. 골목에서 이룩을 발견한다. 나는 얼른 뒤돌아 나온다. 급한 대로 몸을 돌렸지만 이대로 피하기만 할 수는 없다. 한 번은 이룩과 말해야 한다고 생각한다. 하지만 준비되지 않은 상태에서는 솔직한 대화를 나눌 수 없다. 나는 어제오늘, 이룩이 보이는 행동이 현명하지 않다고 생각한다. 나는 이룩이 언제까지 집 앞에 앉아 있을지 예측할 수 없다. 어쩌면 밤을 새울지도 모른다. 나는 방금 내린 버스정류장으로 가서 이룩에게 전화를 건다. 다짜고짜 너에게 질렸다고 한다. 어젯밤, 네가 보인 집요함에 넌덜머리가 난다고 한다. 다시는 만나고 싶지 않다고 한다. 너에게 눈곱만큼도 미안하지 않다고 한다. 내가 집에 갔을 때 골목에서 너를 발견하면 죽을 때까지 원망할 거라고 한다. 나를 놓아달라고 한다. 나를 버려달라고 한다. 나는 이룩에게 사랑하는 사람이 있다고 말한다. 번호를 확인하지 않고 버스를 탄다. 나는 이룩이 나를 미워하길 바란다. 갑자기 나타난 이룩이 세게 따귀를 때리고 내가 뺨을 움켜잡는 동안 달아났으면 좋겠다. 내게 선물한 물건을 빼앗아가고 내가 선물한 물건을 모두 쓰레기통에 버렸으면 좋겠다. 친구들 앞에서 나를 비난하고 술에 취한 뒤 내뱉는 욕지거리의 대상도 나였으면 좋겠다. 나 같은 여자는 끔찍하다고 생각했으면 좋겠다. 나는 이룩이 나를 나쁜 여자로 기억해주길 원한다. 나는 몇 번이나 버스를 갈아타며 시내를 돌아다닌다. 어두운 골목길, 이룩의 그림자는 보이지 않는다. 이 밤, 어느 곳에서도 나를 바라보는 이룩의 눈길은 없을 것이다. 집에 들어온 나는 차를 한 잔 마신 다음 방 안을 어슬렁거리며 이룩과 관련된 것들을 정리한다. 전신거울 위 고무걸이에 집게로 꽂아둔 이룩의 사진을 **빼**낸다. 책장에서 이룩이 선물한 만화책 몇 권을 끄집어낸다. 머플러와 모자를 재활용 봉투에 담는다. 이렇게까지 할 필요는 없는지도 모른다. 하지만 가능하면 단순해지고 싶다.

6.

새로운 사이트에 대한 교육이 잡힌다. 정식 사이트를 사용하기 시작하면 프로그램 수정이 어렵기 때문에 테스트 기간에 교육이 잦은 편이다. 당신은 노트북을 빔 프로젝터와 연결해서 스크린에 사이트 화면을 띄운다. 크지 않은 회의실의 타원형 원탁 주변에는 직책자들이 자리를 잡는다. 인턴인 나는 벽에 일렬로 놓인 의자에 앉아 있다. 나는 당신의 옆모습을 바라본다. 당신의 옆머리는 귀 바로 위까지 다듬어져 있다. 와이셔츠의 어깨선은 다림질로 반듯하게 잡혀 있다. 그 반듯함은 당신을 성실한 샐러리맨으로 낙인찍는 것처럼 보인다. 당신은 목소리가 작다. 설명하는 동안 당신은 몇 번이나 잘 안 들립니다, 크게 말씀해 주세요, 하는 말을 듣는다. 당신은 그때마다 헛기침을 하고 죄송하다고 말한 뒤 조금 목소리를 높인다. 시스템 팀에서 근무하는 당신은 개편 사이트의 책임자 중 한 명이다. 당신은 사람들이 게시판에 남긴 불편사항이나 개

선사항 등에 대해 하루에도 몇 번씩 답변을 한다. 당신에게는 문체가 있다. 나는 당신의 문체를 설명할 수 있다. 당신은 한 줄에 한 문장만 쓴다. '-니다' 형으로 정중하게 답변하고 약어를 쓰지 않는다. 콤마나 맞춤법 외에 다른 기호는 사용하는 일이 거의 없다. 당신은 문장 끝에 꼭 마침표를 찍지만 마지막 문장에는 온점을 두지 않는다. 마지막 문장 바로 윗줄은 여백으로 남긴다. 당신이 쓰는 마지막 문장은 대개 좋은 하루 되세요, 행복한 주말 보내세요, 같은 상투적인 인사다. 마침표가 찍히지 않은 인사말은 멈추지 않고 계속 흘러서 당신의 글을 읽은 나는 하루 종일 당신의 당부를 기억한다. 그 문장은 화면 밖으로 흐르고 흘러 끊임없이 내 몸속을 돌아다닌다. 당신의 설명이 계속된다. 중간중간에 사람들이 질문을 한다. 나는 기존 사이트에 대한 지식이 없기 때문에 바뀐 사이트는 더더욱 이해할 수가 없다. 하지만 열심히 듣는 척한다. 왼손잡이인 당신은 왼손으로 마우스를 감싸 쥐고 있다. 나는 왼손으로 휠을 움직이고 마우스포인터를 동작시키는 당신의 섬세함에 감탄한다. 당신은 손바닥으로 가볍게 마우스의 등을 덮고 부드럽게 왼손을 움직인다. 나는 문득 홀린다는 말을 생각한다. 나는 계획 없이 당신에게 홀렸다. 그 홀림은 부지불식간에 일어나서 나를 당황스럽게 했다. 그날 모닥불이 꺼진 뒤에 숙소로 들어간 나는 화장을 지운 후 바로 잠자리에 들었다. 당신과 나는 시내에서 버스를 기다리고 있다. 버스가 오는 방향으로 내가 자주 고개를 돌리는 것으로 보아 당신과 나는 어색한 관계다. 갑자기 하늘에서 폭탄이 떨어지고 도로 저쪽으로 불길이 치솟는 게 보인다. 차들이 부서지고, 사람들은 정신없이 불길에서 멀리 달아나고 있다. 그때 내 옆에 나란히 서 있던 당신이 몸을 돌려 나를 포옹한다. 키가 큰 당신의 포옹은 낮고 깊어서 당신의 상체는 내 등으로 한껏 구부러져 있다. 내 얼굴이 당신의 가슴에 묻힌다. 폭탄은 다시 우리와 가까운 곳에 떨어지고 당신과 나는 포옹을 한 자세로 공중으로 치솟는다. 중력을 거스르는 것처럼 우리는 땅에서 일직선으로 벗어난다. 당신과 나는 로켓 같았다. 언젠가 로켓 모양의 소화기를 본 적이 있다. 그 소화기는 접힌 우산처럼 벽에 걸려 있었고 화재 시 인공지능으로 작동하는 것처럼 보였다. 잠에서 깬 나는 로켓 모양의 소화기를 떠올린다. 우리는 함께 불을 뿜고 또 불을 잠재웠다. 그 꿈이 내 홀림의 시작이다. 홀림은 나를 종종 비이성적인 사람으로 만든다. 이룩과 이별하는 과정에서의 내가 그렇다. 나는 이룩에게 친절했어야 했다. 이룩은 나를 걱정해주고 챙겨준 사람이다. 하지만 우리의 헤어짐은 거칠었다. 나는 이룩에 대해 많은 것을 알고 있다. 그렇긴 해도 이런 사실은 내 감정에 아무런 변화도 일으키지 못한다. 나는 당신에 대해 아는 것이 별로 없지만 내가 당신의 어떤 것을 알아야 할까? 나는 내가 당신에게 홀릴 수 있었던 당신의 목소리와 몸짓을 진지하게 받아들인다. 그것으로 충분하다.

7.

    부서에서 가을 산행을 한다. 일찍 도착한 나는 사람들에게 간식 나눠주는 일을 돕는다. 녹차 영양갱과 생수, 아트라스 초코바다. 당신은 제시간에 나타난다. 오래돼 보이는 당신의 갈색 등산화가 마음에 든다. 단체 사진을 찍기 위해 모였던 사람들은 두 번의 찰 칵 후에 자유롭게 흩어진다. 뒤처지는 걸 싫어하는 나는 산을 아주 잘 타는 사람처럼 산에 오른다. 밤이슬이 마르지 않은 산속은 습 기 찬 방처럼 축축하다. 젖은 공기가 기분을 가라앉힌다. 이 느낌 은 비가 오면 마음이 차분해지는 것과 비슷하다. 이런 날은 생각을 집중시키기에 좋다. 생각이 꼬리에 꼬리를 물거나 여러 갈래로 퍼 져나가지 않고 응집력 있게 그릇에 담긴다. 어쩌면 비가 내리고 있 거나 비가 온 뒤의 젖은 느낌을 좋아하기 때문인지도 모른다. 그래 서 생각이 단순해지는 건지도 모른다. 당신에 대한 생각, 당신에 대한 관심은 여전하다. 당신을 생각하면 왠지 답답할 때도 있고 풍 만할 때도 있고 고마울 때도 있지만 오늘은 기분이 좋다는 마음뿐 이다. 기분이 좋다, 역시 단순한 느낌이다. 수락산은 두 번째다. 처 음 왔을 때 헬리콥터를 봤고, 프로펠러가 일으킨 흙바람의 회오리 때문에 먼지를 뒤집어쓴 기억이 있다. 어떤 기억은 사물과 연결된 다. 그래서 특정 사물과 함께가 아니면 잘 떠오르지 않는다. 내 기 억 속의 당신은 느낌으로 존재한다. 나는 당신을 설명하기가 힘들다. 후에 느낌이 지워지면 당신의 기억도 지워지겠지만 느낌이 존재하는 한, 그것은 사물의 기억보다 아름답다. 수락산은 산세가 험하지 않아서 오르기가 수월하다. 한 시간 만에 정상에 도착한다. 벌써 바위 위에 앉아 땀을 식히는 사람들이 보인다. 나도 그 옆에 엉덩이를 붙인다. 산 위에서 보는 도시는 언제나 초라하다. 하지만 땅 위에 서면 나는 당장에 작아져버린다. 버트런드 러셀은, 우주의 힘 앞에서 인간의 무력함과 왜소함을 깨달으면 깨달을수록 인간의 성취가 더욱 놀라운 것으로 다가온다고 말했다. 굴복이 아닌 깨달음, 새겨둘만한 말이다. 내려가는 길에 당신을 만난다. 당신은 혼자 내려가고 있다. 나는 당신을 따라간다. 키가 큰 당신의 두 다리가 가볍게 휘청거린다. 왼발, 오른발, 왼발, 오른발, 나는 당신과 짝을 맞춘다. 당신과 내가 밟는 낙엽 소리가 사방에 사각거린다. 한참 뒤에 당신이 뒤를 돌아본다. 나는 걸음을 멈춘다. 우리가 길을 잘못 들었나 봐요. 당신이 말한다. 나는 아, 하는 표정으로 당신을 쳐다본다. 고개를 돌리니 정말 아무도 보이지 않는다. 저를 따라온 것 같은데 어쩌죠? 당신은 내 걱정을 한다. 나는 괜찮다고, 어떻게든 내려가면 되겠죠, 라고 말한다. 두 마디의 대화로 당신과의 보폭이 좁아져 당신과 내가 가까워진다. 둘만 내려가는 산길, 우리는 말을 할 수밖에 없다. 당신은 내게 이런 질문을 한다. 회사 다니는 거 힘들지 않나요? 일은 할 만한가요? 동기들과의 경쟁이 부담스럽지는 않은가요? 나는 당신의 평범한 질문에 살을 붙여 대답한다. 가끔 알람이 울리기 전에 눈이 떠질 때가 있어요. 그럼 알람이 들릴 때까지 그냥 누워 있죠. 그게 십 분일 때도 있고 이십 분일 때도 있는데 그러다 알람이 울리면 이렇게 말해요. 비록 월세지만 서울에 집이 있어서 다행이다. 인턴이지만 직장에 다니고 있어서 감사하다. 혼자가 아니어서 외롭지 않다. 나는 또 당신에게 꿈 얘기를 한다. 얼마 전에 꿈을 꿨어요. 선배님이랑 제가 시내에서 버스를 기다리고 있는데, 예? 저요? 당신은 '선배님'이 자신을 지칭하는 거냐고 묻는다. 나는 고개를 끄덕인다. 언젠가 조영호 선배님이 꿈에 나왔거든요. 조 선배님이랑 제가 종로에서 버스를 기다리고 있는데 하늘에서 폭탄이 떨어진 거예요. 도로 한가운데요. 달리던 차가 멈추고 사람들이 소리를 질렀죠. 그리고 바로 우리 앞에 또 다른 폭탄이 떨어졌어요. 선배님이랑 제가 동시에 하늘로 치솟았죠. 일직선으로, 로켓이 발사되는 것처럼요. 꿈에서 죽었다고 생각했어요. 폭탄이 떨어지고, 가까이에서 그걸 봤으니 죽는 게 당연하다고 여긴 거죠. 하늘로 날아간 우리가 정말 죽었는지, 운이 좋아 땅 위로 안전하게 떨어졌는지는 몰라요. 어느 날 조 선배님이 꿈에 나왔고, 폭탄이 떨어졌고, 불길에 휩싸여 솟아올랐어요. 선배님이 꿈에 나와서, 나름 주인공이어서, 그래서 하는 말이에요. 당신에게 갑자기 왜 꿈 얘기를 하고 싶었는지 모른다. 기회, 라고 생각했는지도 모른다. 사람들 앞에서 할 수는 없으니까, 둘만 있을 때 말해야 한다는 생각. 당신은 퍽 재미있는 꿈이네요, 라고 말

한다. 미소가 묻어 있는 말투다. 퍽, 이라는 부사가 나를 기분 좋게
한다. 나는 퍽 재미있는 꿈이네요, 라는 당신의 말에 마침표를 찍
지 않는다. 그 말은 오랫동안 내 몸 속에 기억될 것이다.

　당신을 조, 라고 부를 수 있었으면 좋겠어요. 다정한 친구처럼
요. 만나면 헤이, 조! 라고 인사를 하는 거죠. 악수를 하거나 손바
닥을 부딪쳐도 좋고요. 받기만 하는 사랑은 싫어요. 그래서 마음이
끌리는 대로 할 수밖에 없어요. 당신의 목소리가 좋아요. 당신의
목소리는 굵고, 차분하고, 적당히 느리고, 할 말은 다 하지만 지나
치게 자기 고집을 드러내지 않을 것 같은 색깔을 가졌어요. 말다툼
을 할 때도 상대방에게 적대감을 주지 않으면서 조곤조곤 대꾸할
것 같은 음성이죠. 내 솔직함이 상처가 되지 않았으면 좋겠어요.
나는 당신을 탐하고 싶은 게 아니에요. 당신을 놀라게 하고 싶지도
않아요. 당신이 내 홀림의 감정을 알아주지 않으면 내가 날 알아주
면 되니까요.

존과
앤

존은 걸터앉아 있던 화단에서 튕기듯 일어났다. 여자는 틀림없이 앤이었다. 뒷모습만 닮은 게 아니라 걷는 모양까지 같았다. 앤은 두 무릎을 가까이 붙이고 걷는 버릇이 있었다. 청바지를 입은 날에는 허벅지가 맞닿을 때마다 소리가 났다. 두 발의 간격이 좁아 이따금 이쪽 발이 저쪽 발에 걸려 중심을 잃었다. 허리를 곧추세운 자세는 자세히 관찰하면 뽐내는 듯한 워킹으로 보이기도 했다. 저런 걸음걸이를 가진 사람은 앤밖에 없어. 존은 생각했다.

앤과는 늘 지하철역에서 헤어졌다. 계단을 올라 역사를 빠져나오면 앤은 꾸벅, 고개를 숙이고 오른손을 흔들었다. "바래다줄게요." 존이 말하면, "집 앞까지 둘이었다가 현관문을 열자마자 혼자가 되기는 싫어요." 앤은 대답했다. 존은 눈을 크게 뜨고 앤이 멀어져가는 걸 지켜보았다.

혼자 가는 길을 고집했던 앤이 낯선 사내와 걷고 있었다. 앤보다 키가 크고, 앤처럼 마른 남자였다. 사내는 검정 스키니진에 에코백을 메고 있었다. 앤의 어깨가 그의 옆구리에 닿을 듯 말 듯, 두 사람의 거리는 가까웠다. 달려가서 두 사람 사이를 파고들까, 앤의 팔을 낚아채 자기 쪽으로 끌어올까, 다짜고짜 사내를 후려칠까⋯⋯. 존은 멈칫멈칫하는 자신이 못마땅했다. 가볍게 헤어지는 안녕의 장소였던 녹사평역이 목격의 현장이 될 줄이야. 슬픔과 오해 사이에서 존은 다리 힘이 풀리지 않도록 애썼다. 앤과 사내는 4차선 도로에 면한 직선에서 벗어나 완만한 1차선 언덕길을 오르고 있었다.

심호흡을 했다. 쓸데없이 식은땀이 나고 심장이 두근거렸다. 짐작하지 못했던 상황이었다. 존은 앤에게 버림받은 자신이 원망스러웠다.

이 동네는 처음이었다. 길은 좁았고, 인도는 없는 것과 마찬가지였다. 차선을 알리는 하얀 선 밖은 사람 하나 겨우 다닐 수 있을 만큼 면적이 좁았다. 나란히 걷던 앤과 사내도 인도를 벗어나지 않고 위아래로 한 줄이 됐다. 경사진 곳에서 차가 내려올 때마다 사내는 앤을 향해 팔을 뻗었다. 둥글게 팔을 굽혀 앤을 감싸면서 가상의 안전지대를 설정했다. 앤을 향한 사내의 친밀한 행동에 존은 피가 마르는 것 같았다.

처음 관계를 맺은 날, 앤은 달아나려는 동물 같았다. 앤이 허리를 젖히거나 고개를 돌리면 존은 얼른 자기 쪽으로 끌어당겼다. 한순간도 놓칠 수 없었다. 한눈팔지 않고 앤에게 집중했다. 끌어당겨진 앤은 순하지 않았다. 존에게 엉겼다가도 금세 몸부림치며 거리를 만들었다. 존은 사막에 있는 것처럼 갈증이 났다. 앤을 잡으려고 팔다리를 흔들며 허우적댔다. 앤의 다리를 휘감고 있는 자신의 다리에 힘을 주었다. 앤의 몸은 조각조각 분절된 느낌이어서 자칫 부분을 잃을 수도 있었다. 존은 용수철처럼 튕겨나갈 것 같으면서도 단단하게 버티는 앤의 탄력성을 믿었다. 손가락은 물론 가는 목과 쇄골, 볼기에서 발목으로 이어지는 신체의 연결을 존중했다. 존은 그날의 접촉을 잊을 수 없었다. 앤의 등에는 바늘로 꿰맨 자국이 한두 개가 아니었다. 상처에 대해 묻자 앤은 "폭력이 있었어요." 건조하게 말했다. 흉터 없는 사람이 어디 있겠는가. 존은 상처의 자리를 하나하나 혀끝으로 핥았다. 어떤 폭력이 있었는지 묻지 않았다. 상처가 없다고 여기거나 서둘러 망각하려고 애쓰는 것, 어떤 경우든 쉬운 방식은 아니었다. 쉽게 따지고 들 문제도 아니었다. 편안한 분위기라고 지레짐작해 과거를 들추고 싶지 않았다. 존은 그 순간이 영원하길 바랐다. 자신을 중심으로 앤이 몸을 비틀 때의 숨 막히는 일체감, 막혔던 구멍이 뚫리고 다시 채워지는 듯한 포만감이 온몸을 채우고 있었다. 존이 한 번 더 성기를 삽입하려던 순간 앤이 거칠게 몸을 뺐다. 존은 재빨리 앤을 껴안았다. "이제 그만 봐요." 환청을 들었다고 생각했다. "그만 만났으면 좋겠어요."
앤의 목소리였다.

　왜 다들 한자나 한글로 자식 이름을 짓는가. 왜 영어 이름은 안
되는가 하고 존의 아버지가 출생신고서에 적은 아들의 이름은 성
을 포함해 두 음절, 고존이었다. 귀하게 얻은 아들의 이름을 남들
과 비슷하게 지을 수는 없었다. 고존은 7남매 중 막내였고, 누나들
의 이름은 튀지 않고 평범했다. 학창시절 내내 존은 수백 개의 가
명을 지으면서 보냈다. 10대의 소심함은 군대에서 회복됐다. "네,
이병 고존!", "네, 일병 고존!", "네, 상병 고존!" 이름을 수천 번 반
복해서 외치는 동안 거북했던 이름이 아라비아 숫자만큼 편해졌
다. 1을 표현하고 싶을 때는 일이라고 하고, 3이 있어야 할 자리에
는 삼이 있는 것과 마찬가지였다. 고존은 고존이었다. 대학에서는
존에게 관심 두는 사람이 없었다. 모두 자기 자신에게 집중했고,
모둠활동에서 걸림돌이 되지 않으려 애썼다. "이름이 멋있네요."
그 말을 처음 해준 사람은 앤이었다.
　"튼튼하고 바른 사회를 만들기 위한 시민단체의 노력과 비전을
듣고자 합니다."
　앤이 명함을 건넸다. 존은 수중에 명함이 없는 걸 깨닫고 책상으
로 갔다가 '사무국장 고존'이라는 이름이 인쇄된 명함을 들고 돌
아왔다. 받은 명함을 내려다보니 '시민기자 채앤'이라고 적혀 있

었다. 앤? 영어 이름에 대한 반가움에 "부모님이 빨강머리 앤을 좋아하셨나 보네요." 내뱉고는 하하하, 큰소리로 웃었다. 앤은 대답이 없었다. 존이 건넨 명함을 물끄러미 내려다볼 뿐이었다.

"죄송합니다."

존이 사과했다.

"이름이 멋있네요."

앤이 말했다.

존은 둥굴레 티백을 종이컵에 담고 정수기에서 뜨거운 물을 받았다. 커피를 마시겠냐고 묻지도 않고 마음대로 앤에게 차를 대접했다. 긴장한 탓이었다.

"타이핑하면서 인터뷰를 진행해도 될까요?"

은색 노트북의 액정을 밀어올린 앤이 미간에 미세한 주름을 만들면서 자판을 두드렸다. 앤은 주로 노트북 화면을 보고 있었지만 존은 줄곧 앤을 보고 있었다. 토닥이듯 키보드를 두드리는 앤의 손에서 눈을 뗄 수 없었다. 매니큐어를 바르지 않았는데도 손톱이 생기 있게 빛났다. 존은 이보다 더 섹시한 순간은 없다고 생각했다. 손가락 끝이 자판에 부딪히는 소리, 길이가 다른 손가락이 고만고만한 위치에서 움직이는 모양 등이 그랬다.

타이핑을 하면서 앤은 열심히 고개를 끄덕였다. 대답이 끝나고, 새로운 질문을 던질 때는 잠시 동작을 멈추고 존에게 눈을 맞췄다. 기자수첩을 들고 와 몇 문장 갈겨쓰고 가는 기자들과는 달랐다. 존은 자신의 모든 말을 받아 적으려 애쓰는 앤의 태도에 감동했다.

말을 하면 할수록 존은 자신이 몹시 재미없는 일을 하는 것 같다는 생각이 들었다. 시민운동을 말할 때 빠지지 않는 소명의식과 책임감 같은 단어가 진부하기만 했다. 자신의 응답이 진실인지, 자존감을 지키기 위한 변명은 아닌지 반문했다. 시민운동가로서의 정체성을 앞세우고 싶지 않았지만 입 밖으로 나오는 말은 딱딱한 문장뿐이었다.

"타투 해보신 적 있으세요?"

앤이 뜬금없는 질문을 했다.

"타투요?"

"고등학교 다닐 때 미치도록 하고 싶었는데 안 보이는 곳에는 하나마나일 것 같아서 포기했어요. 노출하고 싶었거든요."

"그럼 졸업하고 나서 하셨습니까?"

존은 갑작스러운 화제전환에 흥미를 느꼈다.

"까맣게 잊고 있었어요."

"문신은 어디에?"

"처음에는 귀밑이었다가, 쇄골 아래였다가, 손목이었다가, 음, 지금 한다면 여기에 날아가는 비행기를 그리고 싶어요."

앤이 오른손 검지로 왼손 검지를 톡톡, 두 번 쳤다.

그 손가락이라면 날개를 활짝 펴지 않은 종이비행기가 어울릴 것 같았다. 존은 앤의 집게손가락을 쪽쪽 빠는 자신을 떠올렸다가 화들짝 놀라 머릿속에서 지웠다.

"행복하세요?"

앤이 물었다. 이런 질문은 처음이었다. 나는 행복한가. 행복이라
는 단어에 대해 생각해본 적이 있었던가. 삶이 그 한 마디로 논할
수 있을 만큼 단순한가. 논하는 게 아니라면 긍정의 방식으로 세뇌
하려는 의도인가. 그렇다, 그렇지 않다로 대답하기 어려웠다. 답
을 재촉하지 않는다는 의사를 앤은 키보드에서 손을 떼는 것으로
내비쳤다. 경제적인 문제를 고려하지 않을 수 없었지만 그게 전부
는 아니었다.

"배고픈 늑대로 사는 걸 받아들이지 않으면 할 수 없는 일이에
요. 대신 저에게는 영혼의 자유가 있습니다."

왠지 모를 수줍음에 두 볼이 오므라들었다.

"마지막 질문이었어요. 말씀 감사합니다."

앤이 노트북을 덮었다.

다음 날, 기사를 보자마자 존은 웃음을 터뜨렸다. "시민운동가
고존, 배고픈 늑대로 살다." 인터뷰, 1인 시위, 야외 집회, 정책설
명회를 통해 수없이 언론에 노출됐지만 이렇게 벌거벗은 듯한 타
이틀은 처음이었다. 상근자와 회원들이 가볍다고 반발했지만 존
은 비실비실 새어 나오는 웃음을 참지 못했다. 정정 요청을 하라
는 충고를 한 귀로 듣고 한 귀로 흘렸다. 토닥토닥 두드려대던 앤
의 키보드 위에서 탄생한 제목이었다. 종이비행기가 내려앉은 손

가락이 고만고만한 위치에서 움직이는 모습을 상상하며 앤에게 전화를 걸었다. 인터뷰할 때 느꼈던 엉뚱한 매력, 앤을 더 알고 싶다는 호기심이 용기를 내게 했다. 이튿날 설렁탕을 함께 먹고 종종 메시지를 주고받으며 둘은 사귀는 사이가 됐다. 답답할 정도로 연락이 안 될 때가 있었지만 하루 이틀 후에는 앤이 먼저 전화를 걸어왔다.

 길가에 늘어서 있는 건물들은 대개 키가 작았다. 저층 빌라 1층을 리모델링해 가게로 만든 곳도 많았다. 외국인들의 발길이 잦은지 알파벳으로 햄버거와 피자, 펍이라고 적힌 간판이 자주 눈에 띄었다. 편의점 앞 파라솔에 소주와 커피우유를 놓고 앉아 책을 읽는 서양 남자가 보였다.
 앤과 사내는 왼쪽으로 꺾어졌다. 빵집과 세탁소가 있는 골목이었다. 몇 걸음 후 그 길에 진입한 존은 가파른 언덕으로 이어지는 층층 계단에 기가 질렸다. 계단을 따라 양옆으로는 전부 다가구, 다세대 주택이었다. 나란히 키를 맞춰 지은 다른 지역의 빌라와 달리 층계 높이에 따라 1층의 위치도 달랐다. 다양한 건축사에서 시공한 듯 양식도 제각각이었다. 울퉁불퉁한 것도 있고, 하얗고 매끄러운 것도 있었다. 뚱뚱한 것도 있고 늘씬한 것도 있었다. 저마다 볼륨이 살아 있었다. 좌우로 고개를 돌리자 집과 집 사이에 난 샛길도 평지가 아닌 층층대였다. 존은 자기만 소외시킨 채 세상 사람들이 짜놓은 판에 들어온 것 같았다.

경관에 한눈팔았던 시선을 정면으로 돌리자 앤과 사내는 사라지고 없었다. 걸음을 재게 해 길이 보이는 곳에서 다시 왼쪽, 오른쪽을 살폈지만 둘의 뒤꽁무니는 보이지 않았다. 존은 온몸에 힘이 쭉 빠졌다.

다음 날, 퇴근 후 녹사평역으로 직행했다. 앤이 6호선이 아닌 4호선 숙대입구역이나 1호선 용산역에서 하차해 마을버스를 탈 가능성, 택시를 타고 집 앞에서 내릴 확률을 고려하지 않은 건 아니지만 동일한 장소가 좋을 것 같았다.

앤은 일찍 나타났다. 이번에는 혼자였다. 뒤태가 분명 앤이었다. 걸음걸음이 분절된 것 같으면서도 탄력성 있게 제자리로 돌아왔다. 말을 걸어야 했지만, 걸어서 어제의 일을 따져야 했지만, 존은 또 멈칫멈칫했다. 눈 안에 있는 앤이 손 안에 있는 것처럼 안심이 됐다.

키 작은 건물. 저층 빌라 1층을 리모델링한 가게. 거주자인 듯 편한 복장으로 산책 나온 외국인. 햄버거와 피자, 펍이라고 적힌 간판. 소주와 커피우유가 놓여 있던 편의점 앞 파라솔. 전날 앤과 사내가 사라졌던 빵집과 세탁소 골목이 나왔지만 앤은 꺾어지지 않고 그대로 나아갔다. 인도를 벗어나지 않고 구불구불한 고갯길을 올랐다.

길이 끝기고 둥근 공터가 눈앞에 나타나자 시야가 확 트이는 기분이었다. 다섯 군데로 갈라진 길의 중심이었다. 꽤 높이 올라왔는

지 반짝이는 N서울타워 전망대가 가깝게 보였다. 앤이 짧은 횡단
보도를 건너 대각선에 보이는 길로 들어섰다. 이번에는 기울기가
심한 내리막길이었다. 멀리 도시가 내뿜는 삶의 불빛들이 파도 뒤
의 포말처럼 출렁거렸다. 귓갓길이 왜 이렇게 어지러운가. 배웅도
아니고 미행도 아니고. 존은 머리가 핑 돌았다. 열 걸음쯤 앞서가
던 앤이 철문 안으로 자취를 감췄다. 복도식 아파트처럼 일직선으
로 현관문이 이어져 있었다. 그중 하나가 열리기를 기다리며 지켜
봤지만 어떤 문도 열리지 않았다.

　철문을 밀고 들어갔다. 벽을 따라 아래로 내려가는 계단이 있었
다. 낮은 조도에 의지해 걸음을 옮기니 희한하게도 1층이 아닌 4
층짜리 건물이었다. 방금 지나친 입구는 4층 주민을 위한 곳이었
다. 반대편 유리문 쪽에서는 1층부터 4층까지 건물 전체를 볼 수
있었다. 결국 앤이 어디 사는지 놓치고 만 셈이었다.

　앤에게 전화를 했다. 한참 울리던 신호가 끊기고 "여보세요"하
는 목소리가 들렸다. 존은 잠깐 만날 수 있느냐고, 지금 집 앞에 와
있다고 말했다.

　"누구세요?"

　"접니다."

　"언니 찾으세요? 앤 언니는 씻는 중이에요."

　"네?"

　앤이 동생과 함께 사는지 몰랐다.

"집 앞에 계시다고요? 철문 쪽이요, 유리문 쪽이요?"

"유리문 앞에 있습니다."

1층 맨 오른쪽 문이 열리고 앤이 나왔다. 아니, 앤의 동생이라고 밝힌 사람이 나왔다. 앤의 동생 채지은이라고 했다.

"일란성 쌍둥이예요."

눈을 동그랗게 뜬 존을 안심시키려는 듯 지은이 말했다.

앤이 쌍둥이라는 이야기는 들은 적이 없었다. 지은은 앤과 같아도 너무 같았다. 안심은커녕 어떤 불안 같은 게 솟구쳤다.

"카페로 가요."

머리를 묶고 안경을 썼지만 생김새는 물론 말소리마저 앤이었다. 톤이 조금 높긴 했지만 음색을 모를 수는 없었다. 지은은 방금 전 앤이 입고 있던 옷을 걸치고 있었다. 존은 머릿속이 하애지는 것 같았다.

지은이 앞장섰다. 별로 걷지도 않았는데 금방 오거리가 나왔다. 존은 묘한 동네라고 생각했다.

지은을 따라 공방 겸 찻집으로 들어갔다. 크지 않은 공간이 손으로 빚은 물건들로 오밀조밀 채워져 있었다.

"괜찮으시면 핫초코를 드세요."

존은 멍한 표정으로 존이 고개를 끄덕였다. 핫초코든 깨죽이든 뭐가 나와도 상관없을 것 같았다. 지은이 핫초코 두 잔을 주문했다.

"요새 앤 씨랑 연락이 안 돼서요."

존은 침착해야 한다고 자신을 다독였다.

"사귀는 사이세요?"

지은의 물음에 존은 표정으로 대답했다. 입술을 꽉 물었다 놓았
다.

"언니가 쌍둥이라는 말을 안 했나 보네요."

"그렇습니다."

"말하기 싫었나 보네요. 저랑은 성격이 많이 다르거든요."

"그렇습니까……."

어쩜 이렇게 같을 수가 있지. 얼굴 어딘가에 구별점이라도 찍혀
있어야 하는 것 아닌가.

"어제 검정 스키니진에 에코백을 메고 있는 사내와 함께 있는
걸 봤는데……."

충격이 가시지 않은 낯으로 머뭇거리던 존이 입을 열었다.

"앤 언닌 줄 알고 미행하신 거예요?"

지은이 하하하, 웃었다.

"저였어요. 같이 있던 사람은 무용가고요."

"혹시 안주영 대표 아닌가요?"

"어떻게 아세요?"

몇 번 집회에서 본 적 있지만 가깝다고는 할 수 없었다. 사회적
기업을 운영하는 안 대표는 환경과 복지, 이슈가 되는 자리에 자주
나타났다. 춤 창작소 단원들과 공연하기 위해서였다. 처음에는 눈

치채지 못했다. 집에 돌아왔을 때 불현듯 그 사람이 떠올랐다. 집회에서 무슨 저런 춤을 추나, 저런 것도 춤인가. 노동가처럼 가사로 직접 전달하는 방식에 익숙했던 존은 그의 표현법을 매끄럽게 받아들이지 못했다. 무대 중앙을 비워두고 가장자리만 반복해서 돌았던 날도 그랬다. 그럼에도 제스처가 잔상으로 남아 있었던 모양이었다. 둥글게 팔을 굽혀 가상의 안전지대를 설정하던 몸짓이 뒤늦게 안 대표와 연결됐다.

존이 있거나 말거나 지은은 카페에서 나오는 리듬에 어깨를 들썩였다. 어깨춤에 흥이 배어 있었다.

"안 그래도 음악 들으러 오려던 참이었어요. 여기 핫초코도 맛있고요."

지은의 말에 대꾸해야 할지, 앤의 안부를 물어야 할지, 존은 혼란스럽기만 했다.

"이름이 뭐라고 하셨죠? 언니한테 전화하라고 할게요."

"고존입니다."

"고종이요?"

"고종이 아니고 존댓말 할 때 존을 써서 고존……."

존은 얼굴이 달아올랐다.

"언니처럼 영어 이름이에요?"

지은이 깔깔깔, 웃었다.

"앤 언니가 가끔 내 이름을 자기 이름처럼 말하기도 하는 거 아세요? 앤이 싫으면 나처럼 바꾸면 될 텐데. 무슨 심보람."

앤과 달라도 너무 달랐다. 생김새는 거의 같고 성격은 반대로 태어나는 게 일란성 쌍둥이의 특징인가. 존은 지은을 빤히 쳐다봤다.

"죄송해요. 제가 너무 무례했죠."

지은이 사과했다.

회전 초밥집에 간 적이 있다. 기역 자로 된 바 위에서 색색의 플라스틱 접시가 돌아가고 있었다. 존과 앤은 모서리를 사이에 두고 비스듬히 마주보고 앉았다. 존은 신선해 보이는 초밥을 골라 앤 앞에 접시를 놔주었다. "그건 맛없어." 앤 옆에 있는 사내가 중얼거렸다. 못 들은 척, 앤이 접시 위의 초밥을 집자 "먹을 줄 모르는구만." 사내가 비아냥거렸다. 바로 앞에서 초밥을 만드는 주방장에게 들릴 만큼 큰 목소리였다. 존은 앤의 표정을 살폈다. 앤은 신경쓰지 않는 듯했다. 사내는 술을 마시고 있었다. 이미 배를 채운 듯 빈 접시가 제법 쌓여 있었다. 앤이 연어가 얹어진 초밥을 선택하자 "안 싱싱하다고. 다른 걸 먹어." 사내가 간섭했다. 참견도 참견이지만 사내는 반말을 하고 있었다. 존은 가만있을 수 없었다. "저희 좋을 대로 하겠습니다. 개의치 마십시오." 점잖게 주의를 줬다. 사내는 존에게 눈길도 주지 않고, 엎친 곳을 다시 덮치는 격으로 앤에게 술을 한 잔 따라달라고 했다. 더 이상 참을 수 없다고 생각하고 있는데 앤이 술병을 받아 사내의 잔을 채우는 게 아닌가. 욕지

거리가 나오려는 걸 참고 앤에게 나가자고 했지만 앤은 꿈쩍하지 않았다. 앞에 있던 접시를 비우고 물을 마신 뒤에야 의자에서 일어났다. 존은 사내를 눈으로 갈구고 앤을 따라 나왔다. 왜 그랬느냐고 따져 물을 셈이었다. 무시당한 것 같았다. 앤은 몇 걸음 가기도 전에 그 자리에 주저앉더니 토악질을 하기 시작했다. 먹은 걸 게워내고도 한참 헛구역질을 했다. 존은 왜 그런 놈에게 잘해주었느냐고 묻지 못했다.

"만나서 반가웠습니다."

카페를 나왔지만 존은 어느 길로 가야할지 알 수 없었다. 반짝이는 N서울타워를 등진 채 아래, 아래로만 발을 떼었다. 미로 속에서 헤매고 있는 것 같았다.

무엇에도 집중할 수 없었다. 자신이 모르는 앤의 생활, 알려야 알 수 없는 앤의 하루하루가 궁금해서 견딜 수가 없었다. 존은 현재의 위치에서 지켜야 할 자신의 존재를 잃어가고 있었다. 학생들의 무료급식이나 독거노인 반찬서비스, 차상위 계층의 복지 따위는 개나 물어가라지. 시민의 나은 삶을 지원하고 지지하는 업무에 회의가 들었다. 운전 중에 앞차를 박아버리고 싶은 충동을 느꼈다. 왼쪽 가슴이 짓눌리는 느낌에 주먹으로 통증 부위를 쳐댔다. 엉망으로 두드려대는 키보드 소리가 귓바퀴에 달라붙어 떨어지지 않았다. 오랜만에 대면한 활동가들이 '배고픈 늑대'라고 놀려댈 때마다 앞이 캄캄해졌다.

지은을 만나야 했다. 동생을 만나서 어떤 부탁이라도 해야 했다. 연락처를 찾았지만 이름이 검색되지 않았다. 치읓으로 시작하는 주소록에는 채앤뿐이었다.

지은과 함께 있던 무용가가 생각났다. 모임을 개최하고 춤 창작소 단원을 불러야겠다고 마음먹었다. 여름에 열기로 했던 민생 프로젝트 행사를 두 달이나 앞당겼다. 좋은 일은 빨리 할수록 좋다고 상근자들을 설득했다. 꼭 춤 창작소를 부르라고 신신당부했다. 보도자료 작성, 회원 초대, 플래카드 제작과 강연자 섭외, 피켓, 구호까지 늘 하던 대로 하면 됐다. 활동가들이 알아서 준비하고 있는데도 존답지 않게 재촉하고, 확인하고, 조바심을 냈다.

안주영 대표를 직접 만날 수도 있었지만 광장에 지은이 나타나지 않을까 하는 기대가 있었다. 하지만 모임 당일, 안 대표는 현장에 나타나지 않았다. 급한 일정이 생겨 지방에 내려갔다고 했다. 이튿날, 존은 안 대표에게 전화를 걸었다. 참석하지 못해 미안하다며 그는 기꺼이 시간을 내겠다고 했다.

"지은 씨에게 쌍둥이 언니가 있는 걸 아십니까?"

공연 때문에 그를 보자고 한 게 아니었다. 존은 다짜고짜 궁금한 걸 물었다.

"그래요?"

그는 알 듯 모를 듯한 미소를 지었다.

"지은 씨가 말을 안 했나 봅니다."

"직접 들은 적은 없습니다."

"말하기 싫었나 보네요."

존은 지은의 말투를 흉내 내고 있었다.

"혼자 산다고 하던가요?"

안 대표는 손바닥으로 턱을 쓸었다.

"막연히 그럴 거라고 짐작했던 것 같아요. 중요한 것도 아니고
요."

중요한 문제가 아니라니. 존은 지나치게 차분한 안 대표가 마음
에 들지 않았다. 자신의 여자 친구와 똑 닮은 사람이 또 있다는 게
놀랄 일이 아니란 말인가.

"지은 씨는 어떤 사람입니까?"

존은 지푸라기라도 움켜쥐고 싶은 심정이었다.

"주중에는 책을 만들고 주말에는 춤을 춰요."

"지은 씨도 당신처럼 춤을 춥니까?"

존이 깜짝 놀라 반문했다.

"가끔 춤을 추는 모든 사람이 하나로 보일 때가 있어요. 그럴 때
는 혼자든 둘이든, 남자든 여자든, 쌍둥이든 아니든 전혀 상관이
없죠. 지은 씨가 쌍둥이라고 하셨죠? 그럼 저는 지은 씨도 알고 지
은 씨와 똑같이 생긴 언니도 아는 걸로 해두죠."

존은 태연한 태도로 춤의 신비에 대해 떠들어대는 안 대표가 얄

미웠다.

"솔직히 당신의 춤은 이해하기 어려웠어요. 나쁘다는 뜻은 아닙니다."

적절한 타이밍은 아니었지만 말하지 못할 이유도 없었다.

"한국에서 몸은 가려진 주체예요. 한국인의 몸은 쓸모 있어야 하는 자원으로 인식돼 왔어요. 자신의 능력을 증명하는 사물에 지나지 않았죠. 개발과 성장, 신자유주의 시대에 몸은 기꺼이 혹사해야 하는 것이었어요. 제조업에서 서비스업으로 넘어오면서 정신적인 스트레스가 많아졌다고 하지만 정신도 곧 몸이죠. 육체는 늘 소비의 중심에 있었습니다."

마음 같아선 콧방귀를 뀌고 싶었으나 안 대표의 설명에 세월을 환기하고, 미래를 건드리는 지점이 있다는 걸 부정할 수는 없었다.

"이 사회는 오랫동안 체력이 국력임을 강조하면서 남성의 몸을 지배했어요. 반대로 여성의 몸은 단정과 조신을 내세우며 소극적으로 가둬뒀죠. 요즘에도 잊을 만하면 핫팬츠 논쟁이 벌어지잖아요. 그나마 노출이 자유로운 집단은 걸 그룹 아이돌뿐인데, 그들이 돈을 향한 암묵적 과장을 품고 있다는 건 누구나 다 알죠."

그는 서울 커뮤니티 댄스팀을 이끄는 단장이었다. 일상에 춤이 녹아들기를 바라며 결성한 아마추어 팀이었다. 자기 자신은 물론 타인의 몸을 바라보는 계기를 마련하는 데 의미를 둔다고 했다.

"토요일에 한강에서 게릴라 축제가 열려요. 사람들이 많은 곳에

갑자기 등장해서 우리만의 춤을 보여주고 사라지는 거죠. 물론 지은 씨도 참여하고요. 예고 없이 춤을 맞닥뜨린 시민이 댄스팀과 어울리면서 새로운 공간과 시간을 경험하는 거예요. 시간 되면 보러 오세요."

그는 '내부 정보'라면서 게릴라 축제가 열리는 위치를 알려주었다.

춤의 현장은 누구의 소유도 아닌 그 자리에 있는 시민들의 것이었다. 타고 가던 자전거를 멈춰 세운 헬맷 쓴 중년 남자, 휠체어에서 리듬을 타는 할머니, 팔짱을 끼고 지나가던 이십 대 커플, 주말인데도 교복을 입고 있는 학생까지 사람들은 공공장소에서 벌어지는 춤에 호기심을 보였다.

존은 열린 장소에서 춤을 추는 것에 어떤 가치가 있는지 생각해 보았다. 연습실이나 무대, 만들어진 공연장에서 몸을 움직이는 것이 아니라 도시 한가운데서 춤으로 사람들 앞에 선다는 것은 무엇일까. 자유의 정의를 따져 물을 필요도 없이, 그곳에 존재하는 사람들은 전부 속박에서 벗어나 있었다. 통일된 몸동작을 반복하는 것 같으면서도 짜 맞추지 않은 리버럴한 생명력이 엿보였다. 춤꾼들은 발을 많이 굴렀고, 최대한 높이 뛰어올라 하늘로 손을 뻗었다. 몸짓극, 몸짓말을 세상에 전달하는 것 같았다.

흰색 상의를 입은 백 명은 됨직한 댄스팀의 무리 속에서 지은을 발견했다. 오래 눈여겨볼 필요도 없었다. 존은 확실히 알 수 있었다. 자신이 쌍둥이고, 그중 동생이라고 주장한 여자는 거짓말을 한 거였다. 그녀는 지은이 아니라 앤이었다. 허리를 젖히거나 고개를 돌리자마자 반사적으로 제자리로 돌아오는 모습이 틀림없이 앤이었다. 용수철처럼 튕겨나갈 것 같으면서도 단단하게 버티는 탄력성. 손가락은 물론 가는 목과 쇄골, 볼기에서 발목으로 이어지는 신체의 관계를 만져보지 않아도 존은 앤이란 걸 알아차릴 수 있었다. 도망치듯 뒤로 빠졌다가 누군가에게 끌리듯 앞으로 오는 앤. 엉김과 감김을 반복하는 앤.

연주에 홀린 피아니스트가 손가락을 숨길 수 없듯, 거리의 화가가 바람의 방향을 무시할 수 없듯, 앤은 앤의 몸을 감출 수 없었다. 앤의 걸음과 손짓을 기억하는 존은, 지은이 아니라 앤이 사람들 속에서 날개 없이 날고 있다는 걸 알았다.

앤은 사람들의 시선을 부담스러워하는 것 같기도, 자랑스러워하는 것 같기도 했다. 글쓰는 사람이 언어로 재주를 부리는 것처럼 앤은 몸으로 삶을 묘사하고 있었다.

제가 보이나요? 제가 들리나요?

존은 잘 들린다고 소리칠 뻔했다. 앤의 목소리가 또똑하게 들렸다.

노래 두 곡이 끝나자 댄스팀은 순식간에 사라졌다. 모였던 사람들도 서서히 흩어졌다. 존은 두근거리는 가슴을 진정시키기 어려웠다. 앤을 만나러 가야했다.

　잠긴 현관문을, 연락이 닿지 않는 독거노인을 방문할 때처럼 꼼수를 써서 열었다. 네 자릿수 이하의 키 판은 간단한 조작으로 암호 없이 문을 열 수 있었다. 무단침입도 두렵지 않을 만큼 존은 딴생각에 빠져 있었다. 시민운동가의 자아는 사랑에 빠진 자아를 이기지 못했다. 존은 침대 옆에 앉아 있었다. 앤에게 확인하고 싶은 게 있었다. 물어보고 싶은 게 있었다.

　불을 켜고 존을 발견한 앤이 소스라치게 놀라며 고함을 질렀다. 존은 앤에게 달려가 손바닥으로 입을 막았다.

　"잠깐만요, 나 알잖아요. 하나만 물어볼게요. 앤이에요, 지은이에요?"

　뒤에서 앤을 껴안았지만 앤의 몸부림은 심해졌다.

　"대답해 봐요. 앤이에요, 지은이에요?"

　앤은 겁에 질린 채 세차게 고개를 젓기만 했다.

　"소리 지르지 마요. 잘 봐요. 존, 고존이에요."

　존은 앤의 입에서 손을 뗐다. 앤을 겁주고 싶지 않았다. 앤에게서 달아나지 않고 가까운 곳에 서 있었다. 앤의 몸을 감았던 팔에 힘을 풀었다.

　"나…… 나는……."

　앤은 말을 잇지 못했다. 바닥에 주저앉았다.

한번쯤은 직시해야 했다. 원래의 자아와 상처 입은 자아를 분리해야 했다. 존은 자신이 그 일을 도와줄 수 있을 것 같았다.

"당신 안에 두 개의 인격이 있다는 걸 알아요. 대면하고 싶지 않은 현실을 피하기 위해 만들어 낸 또 다른 사람이 있죠. 앤은 내가 지켜줄게요. 지은이 없어도 괜찮아요. 걱정 말아요. 이제 괜찮아요."

존을 바라보던 앤이 시선을 떨구고 어깨를 들썩였다. 천천히 일어서더니 공중이나 물 위에 떠 있는 것처럼 이리저리 움직이기 시작했다. 뭔가에 홀린 것 같았다.

무대에 오른 배우가 호흡을 숨길 수 없듯, 백조가 물밑의 발장구를 멈출 수 없듯, 앤은 앤의 몸을 감출 수 없었다. 한 인격이 날아가고 있었다.

타인의 시선을 의식하지 않고 자신을 내려놓을 때 나오는 몸짓. 그동안 하지 못했던 말과 멍을 치유하는 행동. 무의식에 잠겨 있는 본래의 성격을 회복하는 과정. 쓸모없는 열정이 만들어 내는 몸의 아름다움. 안주영 대표의 말 그대로였다. 전 생애를 통틀어 이보다 더 섹시한 순간은 없었다. 존은 앤의 볼을 타고 내려오는 눈물을 바라보고만 있었다.

1을 표현하고 싶을 때는 일이라고 하고, 3이 있어야 할 자리에는 삼이 있는 것과 마찬가지로 채앤은 채앤이었다.

"나는 배고픈 늑대, 내가 사랑한 앤은 꼬리 두 개 달린 여우였어."

앤을 끌어안은 존이 귓가에 속삭였다.

'늑대와 여우, 이보다 더 고전적이고 황홀한 커플이 있을까요?'

앤의 희미한 웃음이 들렸다.

완벽한 날들

자주 목소리를 듣거나 메시지를 주고받는 사이가 아닌데도 술희를 떠올리면 그녀가 나처럼 혼자 사는 여자라는 게 묘하게 위로가 됐다. 애인이 있을 때도 결혼에 관심이 없더니 남자가 회사 동료와 사랑에 빠져 떠난 뒤 술희는 '내 인생에 결혼은 없다'고 선언했다.

술희의 생일은 7월 7일이고, 새날을 맞은 자정이면 나는 그녀에게 생일축하 메시지를 전한다.

오늘은 너의 날이야. 해피 버스데이 투 유.

술희는 내 인사에 답장할 때도 있고 하지 않을 때도 있다.

보름 정도 속초에 머물 기회가 생겼다고 했더니 술희가 반색했다. 한번 가보고 싶었다는 것이다. 나는 책방 이층에 있는 게스트하우스를 추가로 잡아두었다. 밖에서 올려다본 간판은 어느 날은 마음에 들고 어느 날은 불만스러웠지만 일단 들어가면 안에서는 이름이 보이지 않았다. 'ㄹ' 두 개를 길게 흘리면서 멋을 부린 '완벽한 날들'은 초록에 옅은 파란빛이 겹쳐져 있었다.

나는 술희를 태우고 중광정해변에 갔고, 인구항을 향해 출발했다가 다시 동산해변에 차를 세웠다. 중광정은 60년간 민간인 출입이 금지된 군사보호구역이었는데 동해가 서핑으로 인기를 끌면서 최근에 개방했다. 우리는 맨발로 모래 위를 걸었다. 오랫동안 사람의 발길이 닿지 않아선지 걸을 때마다 작고 딱딱한 조개가 밟혔다. 인구항 방파제에는 드물게 낚시하는 이들이 있었다. 가만히 낚싯대를 던져 놓고 '빅 피시'를 기다리는 것이다.

술희와 나는 서핑에도 낚시에도 관심이 없었지만 바다 말고는 끌리는 데가 없었다. 사찰과 기암괴석을 보려면 트레킹코스를 걸어야 했는데 술희는 해변을 따라 드라이브하고, 파도소리를 듣고 싶어 했다.

동산해변에서 우리는 바다를 앞에 두고 앉았다. 라이딩을 준비하는 한 무리의 서퍼가 맨손체조를 했다. 바람을 일으키며 서핑하는 사람들이, 무지개색 튜브에 몸을 집어넣은 사람들이 물속에서 출렁이고, 이리저리 흔들려 다녔다. 코앞의 모래가 물에 젖었다 말랐다 했다.

술희가 신발을 벗고 일어섰다. 발목에서 종아리, 종아리에서 무릎까지 촉촉해지는 술희를 보면서 여행지에서의 술희를 떠올렸다. 술희는 현지에서 알게 된 한국인 여행자와 방을 나눠 쓰고 있었다. 같은 방 쓰면 같이 자는 거 아니에요? 차조 형이랑 사귀어요? 호기심 많은 여행자가 물었을 때 술희는 풋, 가지처럼 웃었다. 아주 어둡지도, 선명하게 눈에 띄지도 않던 미소가 오래 기억에 남아 있었다.

장기여행자들은 한 도시에 오래 머무는 경우가 많았다. 언제 그곳을 떠날지 확실하게 밝히는 사람은 드물었고, 나도 마찬가지였다. 무료한 나날이었다.

카페 모퉁이에 앉아 있다가 맞은편에서 걸어오는 술희와 눈이 마주쳤다. 나보다 체격이 작은 술희는 내 것보다 큰 배낭을 메고 있었다.

가는 거야?

네, 방콕으로요.

아쉽다. 차 한잔하고 가.

술희가 몸을 숙여 배낭을 내려놓는데 목 부위가 빨갰다. 턱 아래로 붉은 살이 도드라져 있었다. 스스로 상처 준 것으로는 보이지 않았다.

같이 지내던 사람은?

혼자 가요.

어떻게 된 거냐고 묻는 대신 함께 가도 되느냐고 물었다. 터미널에서 출발시간과 도착지가 같은 버스표를 두 장 끊었다.

나는 방콕에 오래 있지 못했다. 귀국 날짜가 다가왔던 것이다. 떠나기 전날, 술희는 낮술을 마시자고 했다. 여행자 거리에서는 너도나도 맥주병을 들고 걸어 다녔고, 아침에도 술잔이 놓인 테이블이 어색하지 않았다.

오후 네 시, 우리는 야외 파라솔에 자리를 잡았고 가장 저렴한 맥주를 주문했다.

의자에 완전히 등을 붙이고 늘어진 자세로 병나발을 불었다. 병에서 입술을 뗄 때마다 펑, 공기 빠지는 소리가 났다.

술희가 옆구리를 찔러 돌아보니 바지 지퍼를 올리지 않고 비틀거리며 걸어오는 사람이 보였다. 남자는 그대로 일행이 있던 테이블에 앉았다.

한국은 남대문이 열렸다고 하잖아. 일본은 세계의 창문이 열렸다고 한대.

파키스탄은 우체국, 이탈리아는 가게, 칠레는 오막집이 열려 있다고 하고요.

맞아 맞아.

핀란드와 독일은 말들이 도망간다고 하고, 브라질과 스페인, 필리핀은 작은 새가 날아가기 시작했다고 말한다면서요.

정작 민망한 사람은 따로 있는데 목격한 사람이 언어에 마음을 쓴다는 게 좋아.

말해줄까요?

저기요, 오막집이 열렸어요.

저기요, 말들이 도망가고 있어요.

술희는 까르르 까르르 웃었다.

해가 닿지 않는 그늘을 찾아 의자를 조금씩 내 쪽으로 옮기면서 까르르 까르르 했다.

꼬치에 과일을 끼워 팔거나, 칵테일을 비닐에 담아주는 노점상들이 줄지어 있었다. 지금 도착했거나 다른 곳으로 떠나는 여행자들이 쉴 새 없이 우리를 지나쳤다.

중학교 다닐 때 자다가 정신이 번쩍 든 적이 있어. 눈앞에 아버지가 서 있더라고.

왜요?

따귀를 때렸어.

네?

개돼지나 입 벌리고 자는 거라고.

그래도 어떻게 뺨을 때려요.

한 번이 아니라 여러 번.

놀랐겠다.

아버지는 미군 부대에서 근무했다. PX에 물건을 납품, 관리했는데 미군과 접촉하는 일이 잦아선지 집에서 늘 AFKN을 틀어 놓았다.

그 일 때문만은 아니지만 평생 아버지를 미워했어. 몇 년 전에 돌아가셨어.

픔.

술희의 입에서 바람 빠지는 소리가 났다. 그 소리에 나도 모르게 웃어버렸다.

화장실에 다녀올 때마다 술병이 늘어나 있었고, 술희는 얼마 전에 이별한 남자친구에 대해, 끔찍했던 십 대 시절에 대해, 슬프고 불행한 감정에 대해 꼬부라진 혀로 떠들어댔다. 붉었던 술희의 목이 자줏빛으로 변해 있었다.

나는 왼쪽으로 고개를 돌려 술희의 뺨에 입술을 댔다. 양손으로 볼을 잡고 입을 맞추려고 했는데 술희가 피했다. 그날 밤, 괄호처럼 몸을 구부리고 자는 술희의 등 뒤에 한참을 누워 있었다.

*

속초에 내려온 건 인터뷰 때문이었다. 문화관광해설사도 알지 못하는 속초의 역사를 초대 마을이장과 초대 시장에게 들었다. 바다와 가깝지만 촌락이 해안가에만 꾸려진 것은 아니었다. 마을에는 우물이 있었고, 해방 전까지 수도가 들어오지 않아 바가지로 우물물을 퍼다 먹었다. 여자들은 질그릇에 물을 담아 머리에 이고 남자들은 양손에 물동이를 들었다. 마을에 화재가 나면 우물물로 불을 끌 정도로 샘이 잘 났다.

질문은 짧고 대답은 길었다. 서너 시간을 함께 있어도 기록으로 남길 건 많지 않았다. 음, 저기, 가만있자…… 등으로 옛일을 되짚는 시간이 한없이 길었다. 말이 사라지는 건지 글이 삭제되는 건지, 내 맘대로 그들의 말과 글을 조금씩 흘려버려도 되는 건지 오리무중이었다. 인터뷰는 거듭거듭 나를 궁리하게 했다.

*

술희는 싱가포르와 말레이시아를 여행하고 귀국했다고 했다.

차조의 사진전에 가지 않을래요?

차조?

나랑 같은 방 썼던 사람 있잖아요.

차조도, 사진전에도 관심이 없었지만 술희를 보러 갔다.

여행 사진 수백 장이 빽빽하게 채워져 있었다. 액자에 걸지 않고 인화지를 벽에 그대로 붙인 전시는 처음이었다. 사진 속 풍경과 풍경이, 인물과 인물이 자유분방하게 연결되어 있다는 느낌이 들었다.

차조와 술희, 나만 술집에 남았다. 내가 동조하지 않고 술희도 재미없는 표정을 짓고 있었는데 차조 혼자 신이 났다.

술희를 뒤에 태우고 오토바이를 탔던 일이며, 전기 쿠커에 스파

게티 면을 삶아 먹었던 것, 시장에서 떨이로 산 새우를 잔뜩 쪄 먹고 잇달아 두드러기가 났던 것을 이야기했다. 햇볕 알레르기로 부풀어 오른 술희의 목에 화상연고를 발라주고, 근육이 뭉친 발을 주물러주고, 수건이며 양말을 숙소 옥상에 대신 널어줬던 일을 언급했다.

보호자가 필요한 어린아이 같았다니까.

술희와의 관계를 자랑하는 건가. 나는 차조가 술희에 대한 호감을 엉뚱한 방식으로 어필하는 게 아니란 걸 알았다. 농담인 듯 아닌 듯 빈정거리는 말투는 여행지에서처럼 여기서도 여전했다.

우리 술희는 미인이 아닌데도 잠이 참 많아. 해가 중천에 떠야 일어나는 잠꾸러기라니까. 보기에는 통나무 같은데 생각보다 몸도 유연하고 말야.

한때 몸을 섞은 사람에게 이 정도 발언은 친근함의 표시라고 우기는 걸까. 나는 차조가 술희를 잘 아는 것처럼 말하는 것도, 본인과 술희를 묶어서 '우리'라고 통칭하는 것도 불쾌했다. 가만히 있는 술희를 대신해 내가 트집을 잡을 수는 없었다.

신도림역에서 차조는 천안행을, 나와 술희는 인천행을 기다렸다. 자판기에서 차조는 믹스커피를 뽑고, 술희는 녹차 음료를 마셨다. 나는 안 먹겠다고 했다.

전철에는 마침 빈 좌석이 있었다. 술희는 녹차 음료를 입에 물었다 떼기를 반복했다.

기분 나쁘지 않았어?

뭐가요?

차조 말이야.

아.

손에 쥐고 있던 뚜껑으로 병 입구를 닫더니 가방에 넣었다.

신경 안 써요. 그냥 여행 얘기인데요 뭐.

술희는 시큰둥하게 대답했다. 술희가 그렇게 생각한다니 나도 할 말은 없었다.

거기서 차조랑 그렇고 그런 사이였던 건 언니도 알죠?

한참 입을 다물고 있던 술희가 먼저 말을 걸었다. 그렇고 그런 사이? 알면서도, 나는 대답하지 않았다.

차조의 팔베개를 하고 있다가 운 적이 있어요. 사랑하는 사람이랑 헤어진 뒤 술과 수면제를 과다하게 먹고 위세척을 한 적이 있대요. 저도 매일 죽고 싶었던 때가 있었거든요. 강이 좋을까, 바다가 좋을까, 가스가 덜 무서울까, 올가미가 더 깔끔할까, 밤마다 죽는 방법을 생각했어요.

술희는 가방에서 녹차 음료를 꺼내더니 목을 축였다. 그러곤 다시 한참 뜸을 들였다.

처음에는 거기서도 여기에 있는 것과 다를 바 없이 힘들었는데, 차조를 만나고부터 견딜 수 있었어요. 덜 외로웠어요. 여전히 혼자지만 혼자가 아니라는 생각이 들었거든요. 그렇지만 거기까지죠. 저와 차조 사이에 관계라는 게 있었다면 그 관계는 여행지에서 끝난 거나 다름없어요.

나는 일상에서 벗어난 여행지에서의 선택과 책임에 대해 생각했다. 그곳에서는 진실이든 거짓이든 일상의 무게보다 가벼울 것 같았다.

조심해서 가.

문이 열리고 플랫폼에 발을 디뎠다. 개찰구를 향해 가고 있는데 누가 어깨를 톡 쳤다. 술희였다.

언니네 집에서 자고 가도 돼요?

걷기에는 조금 멀었다. 마을버스 안에서 술희가 내 어깨에 몸을 기댔다. 심장이 쿵쾅거렸다.

술희는 내 침대에서 옷을 벗었다. 내가 그녀를 원했다. 입술을 빨고, 가슴을 깨물었다. 거웃을 손바닥으로 쓸다가 성기 안으로 손가락을 밀어넣었다. 내 단단한 허벅지와 무릎의 뭉툭한 뼈가 음문에 닿을 때마다 술희는 신음을 내뱉었다. 그녀가 크게 몸을 비틀자 나는 자연 발효한 빵처럼 부풀어 올랐다.

정상과 비정상, 동성애와 이성애의 범주라는 게 있을까. 범주는 인간들이 만든 일시적인 외형에 불과한 것 아닐까. 과거에는 안전했던 것이 시대가 변하면서 달라지고, 충격으로 금이 간 곳에서 누수가 생기기도 하는 것 아닐까. 나는 누구나 한번쯤은 홀림에 의해서든, 끌림에 의해서든 가랑비 젖듯 젖어 있는 자신을 발견하게 되는 것인지도 모른다고 생각했다.

*

　광화문 광장에서 열리는 플리마켓에 참가했다. 술희의 그림을 소개하고 싶었다. 술희는 미대 입시를 준비했지만 아버지의 장례 이후 대학을 포기했다. 대학 대신 독립을 선택했고 큰언니가 사는 인천으로 이사했다.
　술희의 작품은 머리에 꽃을 꽂은 여자 시리즈로 바이올렛과 블루 컬러가 메인이었다. 인물은 한 명일 때도 있고 오십 명이 넘을 때도 있었다. 가지각색의 상품과 예술품, 전시품을 들고 나온 셀러들은 구경꾼을 응대하느라 바빴다.
　술희의 드로잉을 자신 있게 가지고 나왔지만 그림을 파는 방법에 대해서는 고민해보지 않았다. 훑어보고 감탄하는 사람은 많았지만 돈을 지불하는 사람은 없었다. 우리는 판매와 상관없이 이 시간을 즐기기로 했고, 회전 놀이기구를 탄 친구처럼 어깨를 치거나 기대듯 몸을 붙이는 식으로 웃고 떠들었다.

남색 폴로셔츠에 선글라스를 낀 남자가 다가왔다. 남자는 테이블에 펼쳐 놓은 크고 작은 사이즈의 그림을 한 장 한 장 유심히 봤다. 남자가 들고 있는 그림은 르네 마그리트의 '연인'을 패러디한 것이었다. 뒤로 들판이 있고 흰 천으로 얼굴을 가리고 있는 것은 원본과 똑같았다. 술희는 왼쪽의 감청색 슈트와 넥타이를 V라인의 갈빛 상의로 바꿨다.

　들어볼래요?
　큽큽, 술희가 목을 가다듬었다.
　그림자 없는 의자, 다리 밑으로 쉭- 바람이 불고, 그래도 시계는 돌아간다. 둥글게, 둥글게, 세상의 빨간 맛은 다 삼킨 것 같다. 애야, 부끄러워서 얼굴을 들 수가 없구나. 내가 뻥 뚫린 여자고, 내 애인도 그렇다는 걸 알고 아버지의 삶은 취소되었다. 제 말 들리세요, 아버지? 거듭 술을 따르고 세 번 고개 숙였다. 의자는 다리보다 길고 튼튼하고, 툭, 건드리면 그뿐, 이따금 죽음은 너무 쉬운지도 모른다. 하얗고 하얀, 가면은 아무리 많아도 부족했고 얼굴에 거짓말이 달라붙어 있었다.
　음.
　언니랑 나를 생각하면서 쓴 거예요.
　나는 술희가 참고했다는 르네 마그리트의 그림을 휴대전화에서 검색했다.

음.

집게손가락으로 아랫입술을 톡톡 치면서 한참 동안 그림을 바라보았다.

두 사람이 정수리부터 이마, 눈썹과 눈, 코와 인중, 입술과 턱 등 얼굴의 모든 곡선을 얇은 천으로 가리고 있었다. 왼쪽은 감청색 슈트와 넥타이를, 오른쪽은 라운드형으로 깊게 파진 상의를 입었다. 그들 뒤로 푸른 초원이 펼쳐져 있었다.

불쌍해 보이지 않아요?

술희가 말했었다.

나는 남자에게 기대하고 있었다. 판매에 연연하지 않겠다고 했지만 누군가 작품을 알아주고 그만큼의 대가를 지불하면 기쁠 것 같았다.

자연스럽지가 않습니다.

네?

내가 물었지만 남자는 그림에서 눈을 떼지 않았다.

선글라스를 벗고 보시면 좋을 것 같은데요?

내가 제안했다.

아니, 그게 아닙니다.

남자는 미간에 주름을 잡고, 느리게 머리를 가로저었다. 움직임은 쉬이 멈추지 않았다.

문제가 있는 것처럼 보입니다.

그림에 대한 거라면 옆에 있는 술희가 작가로서 작업의도를 설명해줄 수 있었다.

뭐가 문젠데요?

남자가 고개를 들고 나와 술희를 번갈아 쳐다봤다.

두 분은 사귀는 사이인가요?

술희가 스툴에서 엉덩이를 떼고 일어났다. 나는 술희의 팔목을 붙잡고 아래로 끌어당겼다. 그 사이 술희는 반격의 기회를 놓쳤고, 남자는 그림을 내려놓고 고개를 까딱하더니 떠났다. 술희는 천천히 걸음을 옮기는 남자의 뒷모습을 씩씩대며 바라보았다.

왜 우리가 가만있어야 해?

싸우고 싶지 않아.

싸우자는 게 아니잖아.

…….

내가 침묵한 탓에 우리의 대화는 갈 데까지 가지 못했다. 나는 찜찜함의 더께가 내려앉은 어깨를 이끌고 집으로 돌아왔다.

길에서 팔짱을 끼고, 인적 드문 골목에서 키스를 시도한 것도 술희였고, 둘이 간 술집에서 소주 두 병을 마신 뒤, 세 병째 마실 때 내 옆자리로 옮겨 앉은 것도 술희였다. 하지만 술희는 내게 연락하지 않았고, 내가 보낸 메시지에도 답장하지 않았다. 술희와 서먹해

지고 나서야 나는 그녀가 이성애자의 범주에서 떨어져 나와 누수 상태로 흘러 다녔다는 것을 알았다.

몇 년 후 술희는 아무 일도 없었다는 듯이 내게 연락했다.

언니, 보고 싶어요.

*

산에서 술희와 조우한 적이 있다. 지인의 회화 전시장이 산자락에 있었고 관람을 마친 뒤 야외 벤치에 앉아 있었다. 한 쌍의 남녀가 색이 진한 선글라스를 끼고 산을 내려왔다. 등산복 차림도 아니었다.

남자와 손을 잡고 걷는 술희를 나는 한눈에 알아보았다. 눈에 띄게 마른 외모 때문이 아니라 그녀만의 체형이랄까, 분위기 때문이었다.

나는 술희의 이름을 부르며 다가가 그녀 앞에 멈춰 섰다. 술희는 어머, 놀라면서도 선글라스를 벗지 않았다.

여기는 웬일이에요?

전시 보러. 너는?

그냥 왔어요.

데이트 중이냐고 묻지 않아도 데이트 중이란 걸 알 수 있었다. 술희는 남자의 손을 놓지 않았다.

남자가 회사 후배와 바람피운 걸 술희는 몰랐다. 남자는 술희와 다른 여자를 번갈아 만난 지 1년쯤 됐다고 했다. 술희와 헤어진 뒤

반 년도 되지 않아 결혼을 발표했고 사내 인트라넷에 혼인 소식과 결혼식 참석에 대한 감사, 신혼여행 소감을 남겼다.

회사에서 마주치지 않아?

동료들과 같이 있을 때는 목례 정도 하고, 둘만 있을 때는 무시하고 그래요.

남자가 공항 출입국관리직으로 발령받았을 때 술희는 입사 3년 차였다. 상대적으로 경제적 여유가 있었던 술희가 남자의 대출금을 갚아주고 월세도 내줬다.

'우리 결혼해요'라든가 '축복해주셔서 감사합니다', 혹은 '행복한 시간 보내고 무사히 다녀왔습니다' 같은 말은 사내 통신망에서 거의 매일 보거든요. 그런데 그 자식이 쓴 건 자꾸 신경이 쓰여요. 빤하고 상투적인 말인데도요.

나는 산에서 술희 옆에 있던 남자와 인사했지만 선글라스 때문에 그의 눈빛은 보지 못했다.

*

열 살쯤 돼 보이는 아이들이 모래로 성을 만들고 있었다. 조그마한 손으로 연거푸 모래를 끌어올렸지만 모래성은 더 이상 높아지지 않았다. 아이들은 성으로 가는 길을 냈고 입구에 아치를 세웠다.

만나는 사람 있어요?

술희가 물었다.

아니.

언젠가는 말할 거예요?

뭘?

여자 좋아하는 거요.

글쎄.

죽을 때까지 말 안 할 수도 있어요?

…….

가족과 친구들 사이에서 나는 보이시한 옷차림을 고집하고, 늘 커트 머리를 유지하고, 이성보다 동성 친구가 더 많고, 자주 여행을 다니는 사람이었다. 그리고 이따금 잠수를 탔다. 가족은 몇 년에 한 번씩 내가 우울증을 앓는다고 넘겨짚었고, 친구들은 성정 탓으로 이해했다.

술희와 만나는 동안 그녀에게 모든 걸 맞췄다. 너가 하고 싶은 대로 해. 나는 언제나 술희에게 그렇게 말했다.

그 말이 얼마나 지겨웠는지 모르죠?

술희는 끔찍했다고 했다.

나에 대해 말하는 일은 언제나 두렵다. 욕망을 감추고 살아왔다. 내 딴에는 배려였다고 생각했는데 불협화음만 커졌던 것이다.

*

저녁으로 하얀 순두부에 맑은 간장을 부어 먹고 숙소로 돌아왔다. 책방과 카페, 게스트하우스를 겸한 '완벽한 날들'은 시내에 있었고 버스터미널 근처였다. 1층 카페에서 레모네이드를 주문했다.

식당에서 오는 길, 우회전을 하려고 차를 꺾었는데 지팡이를 짚은 할머니가 골목을 가로지르고 있었다. 나는 브레이크를 밟으며 차를 세웠다. 빠앙. 뒤따라오던 차가 클랙슨을 울렸다. 소리에 깜짝 놀란 할머니가 흠칫 몸을 떨더니 그대로 멈춰 섰다. 나를 향해 고개를 돌리고 곤란한 얼굴로 웃었다. 느린 자신에 대해, 늙은 자신에 대해, 재게 걸을 수 없는 자신에 대해 미안함이 가득한 표정이었다.

나는 안절부절못했다. 내가 아니었다. 하지만 할머니는 내가 경적을 울렸다고 생각했다. 아니라고, 괜찮다고, 천천히 가라고 말했어야 했는데 그러지 못했다. 할머니의 시선을 피할 생각만 했다.

지난주에는 누가 아침부터 현관문을 두드렸다. 연달아 벨을 누르고 쾅쾅 문을 쳐댔다. 누구세요, 라고 물었지만 문밖까지 들릴 리가 없었다. 정신을 차리고 침대에서 일어나려는데 차 빼요, 신경질적인 사내 목소리가 들렸다. 이중주차 때문이구나. 알겠다고 대답하고 서둘러 옷을 입었다. 흔히 있는 일은 아니었다. 간밤에 창문을 내리고 여기저기 좀 돌아다녔다. 도로 위를 신나게 미끄러지고 싶었는데 적색과 녹색, 황색 신호등이 자주 차를 멈춰 세웠다.

멀리까지 갈 수 있었지만 가지 않고, 내가 사는 도시에서 뱅글뱅글 돌았다.

금방 나가겠다고 대답했는데도 사내는 연거푸 벨을 누르고 주먹으로 알루미늄도어를 때렸다. 차 키를 손에 쥐고 휙 현관문을 열었다. 사내가 놀라 뒤로 물러섰고, 나는 성큼성큼 계단을 내려갔다. 차에 전화번호를 남겼는데도 4층까지 올라와서 벨을 누른 것이다.

휴우.

물고 있던 빨대를 입술에서 떼고 길게 숨을 쉬었다.

무슨 일 있어요?

아무것도 아니야.

술희가 상체를 무너뜨리며 엎드리자 그녀의 긴 머리카락이 테이블 위에 물결을 그렸다. 상큼한 샌들우드 향이 퍼졌고 순간, 나는 쨍하고 금간 것처럼 가슴이 아팠다.

금방 자세를 바로 한 술희가 나를 보고 웃었다. 나도 웃을 수밖에.

부은 것처럼 보이는 도톰한 눈두덩을, 차갑고 가느다란 눈매를, 화가 나거나 서운할 때 실핏줄이 도드라져 보이는 쌍꺼풀 없는 눈을 좋아했어요. 버스 안에서도, 극장 로비에서도, 길을 걸을 때도, 카페에서도 종종, 언니의 겨드랑이를 헤집고 안기고 싶었어요.

술희가 예전처럼 그런 말을 하면 이렇게 대답할 수 있을까.

그래, 나 여기 있었어.

내가 머물고 있는 책방 이층의 게스트하우스는 1인실이 두 개였고 술희와 나는 각각 메리와 올리버의 방으로 들어갔다. 'ㄹ'을 지나치게 강조한 '완벽한 날들'은 아마추어의 솜씨랄 수밖에 없었지만 정자체에서 벗어나 명랑한 데가 있었다.

머리 위의 간판을 올려다보며 어느 날은 짐짓 고개를 끄덕이고, 어느 날은 못마땅한 듯 머리를 가로저었지만 이름은 하나도 중요하지 않았다.

눈꽃엔딩

‘도로연수’ 캡을 단 노란색 소나타였다. 차량에는 학원 이름과 전화번호가 인쇄돼 있고 앞쪽에 ‘연습용’이라고 쓴 플라스틱판이 붙어 있었다. 남자는 짙은 블루 계열 트레이닝 룩에 장갑과 선글라스를 끼고 있었다. 마른 편에, 머리가 짧았다. 전형적인 운전강사 스타일 아닌가. 조수석에 앉으며 짐짓 명랑한 톤으로 인사했지만 고개만 까딱할 뿐 남자는 대꾸가 없었다.

잠깐 타고 내릴 택시라면 행선지만 말하면 그만이지만 하루를 같이 있어야 했다. 도로연수는 비교적 한적한 길에서 시작될 거였다.

“일기예보대로 오늘 정말 눈이 내릴까요? 3월인데.”

심상치 않은 기운을 예감하는 끼라도 있는 것처럼 하늘을 올려다보면서 말했다. 그러고는 슬며시 두 팔을 엇갈려 꼈다. 팔짱은,

내가 긴장하고 있다는 걸 뜻하기도 하고 옆 사람을 경계하고 있음을 알리는 것이기도 했다.

"하, 참!"

남자가 급정거를 하며 짧은 탄식을 내뱉었다.

하마터면 대시보드에 머리를 박을 뻔했다. 탄력 있는 안전벨트 덕에 앞쪽으로 몰렸던 상체가 제자리로 돌아왔다.

하, 참, 남자가 또 한 번 소리를 냈다. 두 음절을 정확하게 분리해서 발음했고, 소리 나게 책장을 덮는 것처럼 딱 끊겨 끝말이 늘어지지도 않았다.

저 탄식, 언젠가 들은 적 있었다. 예상치 못한 상황에 맞닥뜨렸을 때 저런 식으로 감정을 토로하는 사람이 있었다. 욕설을 대신하는 탄식은 흔치 않았다. 남자는 말이 없었다. 급하게 차를 세워 미안하다든지, 놀라게 해서 죄송하다든지 하는 사과도 없었다. 곁눈질로 남자를 봤다. 남자가 좌회전을 위해 왼쪽 사이드미러를 주시하며 고개를 돌렸을 때, 나는 그가 내가 아는 사람이라고 확신했다.

"오랜만이네."

외면하고 싶지만 그럴 수 없음을 알고 체념한 티가 목소리에 묻어났다. 반가운 만남은 아니었다. 나는 감정을 감추지 못하는 타입이었다.

이룩이 먼저 나를 알아본 게 틀림없었다. 머리를 단발로 잘랐지만 그동안 키가 훌쩍 큰 것도 티 나게 살이 찐 것도 아니었다. 시력

은 여전히 좋아서 안경도 끼지 않았다. 그래서 인사도 없이 쌀쌀맞
았던 거구나.

"아는 척 좀 하지?"

비꼴 이유는 없었는데 목소리에 날이 섰다.

"낯선 사람처럼 굴 건 뭐야?"

"별로 그런 거 없는데."

이룩이 뚱하게 내뱉었다.

이룩이 운전하는 차에 탄 건 처음이었다. 우리는 차가 없었고 렌
트 서비스로 어딘가에 놀러간 적도 없었다.

"웬 운전강사? 이런 능력도 있었어?"

"살다 보니……, 뭐."

말끝을 흐리더니 문장에 마침표를 딱 찍었다. 상대의 기분이나
나에 대한 감정을 추측하기 힘든 말투였다.

이모가 경차를 싼값에 넘기겠다고 했다. 주행거리가 4만 킬로밖
에 되지 않는 차를 백만 원에 얻는 건 공짜나 다름없었다. 8년 전
에 취득한 면허를 써먹을 기회였다. 퇴근이 늦어 자가용이 있었으
면 하던 차였다.

특별 도로연수는 강화 해안도로와 청라 국제도시를 선택할 수
있었다. 나는 해안도로를 택했다. 연수도 받고 바람도 쐬고 싶었
다. 휘파람 부는 심정으로 후드티셔츠에 점퍼를 입고 운동화를 신
었다. 한동안 포근했는데 며칠 전부터 하루걸러 하루꼴로 칼바람

이 불었다.

강화대교를 지나자 이룩이 차를 세웠다.

"여기서부터 해보자."

운전석으로 옮겨 앉았다. 시동 거는 법부터 시작했다. 액셀에 발을 얹었다가 속도를 늦추기 위해 브레이크를 밟고, 룸미러로 뒤차와의 간격을 확인했다. 연수는 해안순환도로와 강화 시내를 병행하는 것으로 진행됐다. 순환도로는 직진 코스라 강습이랄 게 없었다. 시내는 달랐다. 도심보다 붐비지 않아도 앞 뒤차 신경 쓰랴, 신호 확인하랴, 요만조만 긴장되는 게 아니었다. 뒤늦게 정지 신호를 봤거나 갑자기 다른 차가 끼어들었을 때 이룩이 발밑에 있는 보조 브레이크를 밟았다. 좌측 깜빡이를 켜고 좌회전을 하고, 우측 깜빡이를 켜고 차선을 변경했다. 이룩은 핸들을 틀어주기도 하고 비상 깜박이를 켜주기도 하면서 내 옆에 있었다.

"너무 급하게 꺾었잖아. 크게 돌아야지."

"서두르지 말고 천천히 하라니까."

"다음 신호에서 우회전."

"브레이크는 조금씩 여러 번 밟고. 안전거리 유지하고."

칭찬 한 마디 없었지만 예전처럼 다정했다. 운전 시 지켜야할 예의와 빗길이나 눈길 주행 시 주의해야 할 점까지 친절하게 설명해 줬다.

"저기에 차 세우고 잠깐 쉬자."

이룩에게 배운 대로 부드럽게 속도를 줄이고, 주차라인에 차를 밀어 넣었다. 야외 주차장은 텅 비어 있어서 수월하게 댈 수 있었다. 배우지도 않은 주차를 한 번에 하다니 제법인데? 운동신경은 떨어지지만 운전감각은 좀 있는 거 아닐까? 혼자 우쭐했다.

정면에는 산, 오른쪽 언덕 위에는 한옥이 있었다. 강화도가 처음은 아니었지만 동막 해수욕장과 마니산에 두어 번 다녀갔을 뿐 마을은 낯설었다. 밖으로 나간 이룩은 잠깐 통화를 하더니 담배를 꺼내 물었다. 나를 만날 때는 전자담배를 피웠는데 다시 연초담배로 돌아간 모양이었다.

이룩과는 택시에서 헤어졌다. 이전에도 몇 차례 다퉜지만 이별까지 이어지지는 않았다. 충분히 자신만만해 해도 되지만 자랑을 모르는 성격 때문에 그를 좋아했다. 턱선과 콧날이 또렷하고 잡티없는 얼굴에서 광채가 났다. 이룩은 무슨 얘기든 잘 들어주는 성격이었다. 남을 험담하거나 자기와 맞지 않는다고 비난하는 일도 없었다. 만나는 횟수가 늘고 마음을 나누는 시간이 길어지면서 나는 이룩의 취향을 트집 잡았다. 전쟁을 소재로 한 장르를 밝히는 것, 메디컬드라마 마니아인 것, 목욕가운 대신 의사가운 입는 걸 질색했다. 고소공포증이 있다고, 롤러코스터를 타지 못한다고 책잡았다. 이따금 손가락으로 이룩의 옆구리를 콕콕 찍었다.

SF영화를 보고 나와 저녁을 먹으러 들어간 식당에서 나는 불현듯 이런 말을 뱉어냈다. 너의 광대뼈, 너의 머리카락, 너의 고집이 견딜 수 없어. 너와 있는 시간이 즐겁지 않아. 당황한 이룩이 미소로 내 이야기를 넘기려고 하자 나는 이렇게 덧붙였다. 내가 진지할 때는 너도 좀 진지해 줄래? 이룩이 테이블 아래로 두 다리를 뻗어 내 양발을 모았다. 다리 사이를 넓혔다가 좁히면서 내 발을 자기 쪽으로 끌어당겼다. 나는 이룩의 다리걸이에서 빠져나와 오른발로 힘껏 그를 찼다. 이룩이 나를 붙잡을 힘을 놓아버렸으면 좋겠다고 생각했다. 내 울퉁불퉁한 심정을 알아줬으면 했다. 이룩이 시선을 떨어트렸다. 스스로 술을 따르고, 연거푸 술잔을 비웠다. 술 마시는 행위로 위기를 지연시키려는 것 같았다. 그곳을 벗어나야 했다. 지연에 동조하는 건 내 뜻이 아니었다. 이룩이 화장실에 가기 위해 자리에서 일어난 뒤 나는 가방을 들고 술집에서 나왔다. 택시! 택시! 내 앞에 택시가 정차했을 때 술집에서 뛰어나온 이룩이 함께 올라탔다.

"좋은 점 한 가지만 말해 봐."

뒷좌석에 나란히 앉은 이룩이 다짜고짜 물었다.

"한 가지는 있을 거 아냐. 난 너의 장점을 열 가지, 아니 백 가지라도 말할 수 있어. 내 단점을 장점이라고 우겨도 좋아. 한 가지만. 응?"

나는 대답하지 않았다. 이룩의 장점이 생각나지 않았다.

"힘이 될 것 같아서 그래. 한 가지만 말해주면 내가 힘이 될 것 같아서."

이룩이 한숨을 쉬었다. 나를 몰아세우는 이룩이 안쓰러웠지만 나는 그에게 힘을 주고 싶지 않았다.

연락도 없이 이룩이 집 근처에 온 적이 있다. 오전 한 시까지 영업하는 카페에 마주 앉았지만 이룩은 찻잔만 붙들고 있을 뿐 말이 없었다. 옆 테이블의 커플은 여행계획을 세우는 모양이었다. 게스트하우스며 맛집 정보를 공유하고 날씨도 체크했다. 여행 갈래? 이룩이 말했다. 나는 바쁘다고 했다. 그 얘기 하러 온 거 아니잖아. 할 말 있으면 해. 이룩은 맞다고 했다. 맞아? 뭐가 맞아? 여행 얘기 하러 왔다고. 맥이 빠졌다. 우리는 또 말이 없었다. 나도 이룩처럼 식은 찻잔만 내려다보고 있었다.

횡단보도 앞에 정지했던 택시가 슬금슬금 중앙선 쪽으로 미끄러졌다. 택시운전사의 오른팔이 축 쳐지더니 핸들에서 손이 떨어졌다. 택시가 중앙선을 넘고 있었다. 맞은편에서 오는 차와 역주행으로 부딪칠 형세였다. 다행히 횡단보도를 건너는 사람은 없었다. 나는 어어어? 했지만 곧 너무 놀라서 입을 다물었다. 이룩에게 뭔가를 강요하거나 부탁할 엄두도 내지 못했다. 차는 속도가 거의 나지 않았지만 곧 다른 차와 충돌하리란 걸 알 수 있었다. 현실은 영화가 아니었다. 면허증을 갖고 있긴 해도 운전은 젬병이었다. 택시는 중앙선을 넘어 반대편 SUV 차량에 닿고서야 제자리에 섰다. 차량 뒤로 대기했던 차들이 경적을 울려댔다. 이쪽저쪽에서 헤드라이트가 번쩍거렸다. 택시운전사를 걱정할 새도 없이, 내가 무사한 걸 자각하자마자 나는 택시에서 내렸다. 이룩을 돌아보지도 않았다. 무작정 길을 건넜고 허겁지겁 달렸다. 이룩이 내 이름을 불렀지만 나는 달리기를 멈추지 않았다.

그날 밤 62세의 모 택시운전사가 운전 중 급성 심장마비로 죽었다는 기사를 봤다. 맞은편에서 신호 대기 중이던 SUV 차량 운전자가 인공호흡을 했고, 구급대로 옮겼으나 끝내 숨졌다고 했다. "경찰에 따르면 택시에는 젊은 남녀가 타고 있었는데 이 승객들은 신고도 하지 않았고, 사고가 난 얼마 후 현장을 떠난 것으로 전해졌다." 기자는 우리가 형사처벌 대상은 아니라고 했다.

기사는 사실과 달랐다. 우리는 아무것도 하지 않은 게 아니었다. 중앙선을 넘는 차를 정지시키기 위해 이룩이 운전석 아래로 한쪽 다리를 뻗어 브레이크를 밟았다. 나는 119에 전화를 했다. 경찰이 올 때까지, 구급차가 올 때까지 그 자리에 있지 않았던 것뿐이었다. 사건과 맞닥뜨리고 싶지 않았다. 나쁜 일은 피해야 했다. 어떻게 들어간 회사인데. 어떻게 차지한 인턴인데. 있는 듯 없는 듯, 튀지 않는 구성원으로서 인턴 자격을 유지해야 했다. 그날 이후 이룩에게 걸려온 전화를 받지 않았다. 카카오톡이나 SNS 메신저에도 응하지 않았다. 꼭 말로 해야 하나? 눈치 없음을 경멸하며 문자 메시지로 "그만 하자"고 통보했다.

"들어가 볼래?"

운전석 창문을 내렸더니 이룩이 고갯짓으로 한옥을 가리키며 말했다.

"절이야?"

"성당."

반쯤 열려 있는 문을 밀고 들어갔더니 안에서 풍금 소리가 났다. 호기심에 신발을 벗었고, 이룩도 따라 들어왔다. 밖에서 볼 때와는 달리 안은 꽤 높고 길었다. 한옥의 서까래가 그대로 드러난 내부에는 촛불과 조명, 제단, 미사포, 미사복, 기도문을 읊는 소리 등으로 꽉 차 있었다. 조심스럽게 빈 나무의자에 앉았더니 젊은 신도가 동그란 방석을 가져다줬다. 종교는 없었지만 신의 존재는 믿었다. 기도합시다. 신부님 말씀에 나도 모르게 눈을 감았다.

"미안하다고 말해, 오지영."

깜짝 놀라 이룩이 있는 쪽으로 몸을 틀었다. 이룩은 가슴 앞에 손을 합장하고 눈을 감고 있었다.

"넌 나한테 미안해해야 돼."

이룩이 속삭였다.

"넌 날 하찮게 대했어. 네 멋대로 했어."

나는 손가락으로 이룩의 어깨를 건드렸다. 나가자는 신호였다. 신도들이 기도를 마치고 성호를 긋기 시작했는데도 이룩은 꿈쩍 안 했다. 왼발로 그의 오른발을 밟았다.

"여기 있어. 가만히 있으라고."

매듭짓고, 지시하는 듯한 말씨였다. 당혹스러워서 주위를 돌아봤다가 방석을 건네준 신도와 눈이 마주쳤다. 그때 신도들이 일어나 찬송가를 불렀다. 지금이다. 지금 나가면 된다. 이룩은 여전히 비켜주지 않았다. 사람들을 따라 일어났다가 다시 앉았을 때는 몸이 벽 쪽으로 더 밀려 있었다.

지난 일이었다. 내게 미련이나 미움이 남았다면 진작 연락했어야 했다. 도장 찍고 합의이별하길 바란 것도 아니잖아?

"왜 이래?"

밖으로 나오자마자 화를 냈다.

"택시운전사를 위해 기도했어."

말문이 막혔다.

"이제 와서 뭘 어쩔 건데?"

"널 이렇게 다시 보게 될 줄 몰랐다."

이룩이 태연하게 말하고 언덕을 내려갔다.

이전에도 택시가 싫었지만 그날 이후로 택시를 타지 못했다. 예쁜 아가씨라고, 남자친구는 있냐고, 젊은 처자들은 나이 많은 남자를 좋아하지 않느냐고 하는 관심과 질문이 역겨웠다. 나는 공포에 떨었고, 혼자서는 타지 말자고 다짐했다가 교통편이 애매한 곳에서 또 택시를 잡았다. 무사히 도착하면 감사기도를 드렸다. 내 차를 갖게 되면 택시를 타지 않아도 되니, 그 점이 가장 좋았다. 하지만 오늘 운전연수는 꽝이었다. 더 이상은 불가능했다. 자기가 뭔데 내 죄책감까지 신경 써?

"그만하자."

보란 듯이 조수석에 앉았다. 연수도 받고 콧바람도 쐰다고? 일석이조는 개뿔.

"제멋대로인 건 여전하구나."

이룩이 고개를 절레절레 흔들더니 운전대를 잡았다.

아무래도 길을 잘못 든 것 같았다. 도로 폭이 너무 좁았다. 길가에 여러 대의 승용차가 길게 주차돼 있었다. 세워 놓은 차들 때문에 2차선이 1차선으로 변해 있었다.

맞은편에서 택시 캡을 얹은 검은 차가 들어왔다. 이룩이 속도를 줄였다. 나중에 들어온 차가 후진해서 길을 터줘야 했다. 택시운전사는 꿈쩍하지 않았다. 5초쯤 대치했을까. 차에서 내린 택시운전사가 우리 차로 다가오더니 눈을 부릅뜨며 소리를 질렀다.

"이 씨발 새끼들아, 왜 앞을 가로막고 지랄이야, 지랄이."

평균 이상의 덩치와 박박 민 헤어스타일의 사내는 인상부터 심상치 않았다.

이룩이 운전석 문을 열고 나갔다. 블루 계열 트레이닝 룩에 장갑과 선글라스는 벗은 채였다. 사내 앞에 선 이룩은 대나무 장대처럼 가늘어 보였다. 뼈가 만져지는, 깡마른 그를 좋아했었다.

"넌 뭐야, 이 새끼야."

택시운전사가 이룩의 얼굴을 쳤다. 이룩은 단번에 바닥에 쓰러졌다. 내가 앉은 자리에서는 얼굴이 보이지 않았지만 나는 피를 봤다고 생각했다. 중심을 잡고 몸을 일으키려는 이룩에게 사내는 욕을 하며 또 주먹을 휘둘렀다.

말려야 했다. 이룩의 상태를 살펴야 했다. 문을 열고 밖으로 나갔다.

이룩이 자기는 괜찮다는 시늉으로 손을 휘휘 저었다.

맞아야 할 이유가 없었다. 피해야 할 이유가 없었다. 후진해야 할 쪽은 우리가 아니라 그쪽이었다.

"먼저 진입한 차가 우선이잖아요!"

덩치가 뒤돌아섰다. 눈을 부릅뜨고 따지고 드는 나를 내려다봤다.

"연습용 차는 이런 데 다니는 거 아니에요, 알겠어요? 운전 똑바로 배우세요, 이 쌍년아."

묘한 억양이었다. 언성에 습기가 가득 차 있었다.

"누가 그래? 그리고 누가 쌍년이야?"

악을 쓰며 한 발짝 앞으로 다가갔다. 어디서 그런 용기가 나왔는지 모를 일이었다. 택시운전사에게 알코올 냄새가 났다. 그 순간, 그가 내 뺨을 때렸다. 두껍고, 매운 손이었다. 눈물이 핑 도는 걸 입술을 깨물며 참았다. 이룩이 나를 뒤로 잡아끌어 사내와 거리를 뒀다. 그를 보지 않으려고 고개를 돌렸다. 얼굴이 화끈거렸다. 볼이 얼얼했다.

퍽 소리에 돌아보니 사내가 소나타의 사이드미러를 발로 차고 있었다. 양쪽 거울이 모두 떨어져나갔다. 우리는 보고만 있었다. 다리가 후들거렸다. 윗니로 아랫입술을 너무 심하게 깨물었는지 혀로 닦은 입술에서 피비린내가 났다. 이룩의 입술에도 그새 피딱지가 앉은 것 같았다.

"별 볼일 없는 것들이 무슨 운전을 한다고 기어 나오길 기어 나와."

사내는 침을 퉤퉤, 뱉고는 차를 후진해서 사라져버렸다.

이룩이 차를 안전한 곳으로 옮기고, 경찰과 보험사에 사고처리를 하는 동안 나는 근처 커피숍에 있었다. 강화의 카페 분위기도 도심과 다르지 않았다. 무리보다 혼자 앉아 있는 사람이 더 많았다. 노트북을 하거나 핸드폰에 눈을 박고 있었다.

이룩이 약봉지를 들고 들어왔다. 연습용 차로는 돌아가기 어렵겠다며 택시를 불렀다고 했다.

"또 택시야?"

"방법이 없잖아."

"넌 또 택시를 타고 싶냐? 그렇게 당했는데도?"

"하, 참! 당하긴 누가 당해."

하긴, 방법이 없었다. 시계를 보니 두 시가 지나 있었다. 누구도 밥 먹자는 말을 하지 않았다. 이룩이 연고를 내밀었다. 번갈아가며 화장실에 가서 약을 바르고 왔다. 뺨을 맞다니. 따귀를.

눈 온다. 누군가 말했다. 창밖을 보니 하늘에서 작고 하얀 것이 한들거리며 떨어지고 있었다.

콜택시는 금방 도착했다. 우리가 타고 갈 차는 크림색 아반떼였다. 이룩을 조수석으로 보내고 나는 뒷좌석에 앉았다.

"강화도에 데이트 오셨나 봐예."

그랬으면 이렇게 앞뒤로 따로 앉았겠나. 그랬으면 이렇게 둘 다 얼굴이 벌겋겠나. 죄 없는 택시운전사에게 심통이 났다. 택시! 택시! 우리에게는 젠장, 늘 택시가 문제였다.

"도로연수 중에 사고가 나서 돌아가는 길입니다."

이룩이 대답했다.

점점 더 눈이 쏟아졌다. 쉬이 그칠 것 같지 않았다. 나는 팔짱을 낀 채로 바람에 비스듬히 흩날리는 눈발을 보고 있었다.

"3월인데 눈이 참 많이도 내리네예."

"그러네요."

라디오도 음악도 나오지 않았다. 택시운전사는 말이 없었다. 차 안은 기계음과 바퀴 굴러가는 소리 외에 세 사람의 숨소리뿐이었다.

K기업에 인턴으로 입사하고 얼마 되지 않았을 때였다. 양평에서 그룹 성장 워크숍이 열렸다. 창의굿즈개발부에서는 다섯 명의 직원들이 참석하기로 했다. 인턴인 나도 참석자 명단에 속해 있었다. 워크숍 시작 전, 사회자 주도로 아이스브레이킹이 진행됐다.

엽서만 한 종이에 좋아하는 단어 다섯 개를 적었다. 무릎을 붙이고 나란히 밀착해 앉은 상태에서 '가' 줄은 앞 사람과 대화 후 한 칸씩 옆으로 이동하고 '나' 줄은 그대로 있었다. '나' 줄에 속한 나는 제자리에 앉아 상대가 바뀔 때마다 종이를 내밀었다. 상대는 내가 적은 단어를 보고 질문하고, 내 대답을 빠른 속도로 여백에 적었다. 다음 사람은 내가 처음에 적은 단어와 누군가 흘겨 쓴 글씨를 섞어서 다시 질문을 만들었다. 확장되는 미래를 어떻게 예측하면 좋을까요? '미래'는 내가 적은 단어고 '확장'과 '예측'은 지나간 사람이 쓴 말이었다. 여행자금이 생긴다면 가장 가보고 싶은 곳은요? '여행'은 내가 쓴 단어고 '자금'은 누군가가 적은 말이었다.

나는 전혀 재미가 없었다. 옆 사람과 붙어 앉는 것도 답답했다. 어깨동무를 하고 아이돌이 리메이크했다는 90년대 가요를 부르며 제자리 뛰기를 할 때는 참을 수 없는 지경이 됐다. 사회자가 브레이크 타임을 알렸을 때 그곳을 빠져나왔다. 프로그램 시작까지 삼십 분쯤 여유가 있었다.

햇볕이 뜨거웠다. 버스정류장까지 걸었다. 나무 그늘 아래 의자 세 개가 나란히 있었다. 노인의 짐받이로 사용되기도 하고, 공용버스를 타러 나온 주민이 잠시 머물다 가기도 했다. 가장 튼튼해 보이는 의자에 앉았다. 나를 찾지 않을까. 다시 돌아가야 하지 않을까. 처음 만난 사이인데도 상대를 안다는 듯 묻고 대답하는 게 못마땅했다. 스킨십이 따뜻한 눈빛처럼 포장되는 것도 싫었다. 언제 왔는지 조 팀장이 옆에 있었다. 담배를 꺼내 물더니 아까 함께 부른 노래를 허밍으로 반복했다. 예능프로그램에 게스트로 나왔다가 새삼 주목받은 가수의 90년대 히트곡이었다. 조 팀장을 경외하고 있었다. 최고연봉에 스카우트로 온 거래. 프로젝트를 맡기만 하면 초 대박. 부인은 모델 출신 영화배우란다. 옆자리 선배가 말했었다.

그날 밤 꿈에 조 팀장이 나왔다. 조와 나는 시내에서 버스를 기다리고 있었다. 갑자기 하늘에서 폭탄이 떨어지고 도로 한가운데 불길이 치솟았다. 차와 건물이 부서지고, 사람들은 정신없이 불바다에서 달아났다. 그때 내 옆에 서 있던 조가 몸을 돌려 나를 포옹했다. 키가 큰 그의 포옹은 낮고 깊어서 조의 상체는 내 등으로 한껏 구부러져 있었다. 나는 조의 가슴에 얼굴을 묻었다. 다시 폭탄이 떨어지고 조와 나는 껴안은 채로 공중으로 치솟았다. 중력을 거슬러 땅에서 일직선으로 벗어났다. 우리는 로켓 같았다. 힘껏 발사했고 하늘로 날아갔다.

"기사님은 통 말씀이 없으시네요."

창틀에 턱을 괴고 있던 이룩이 고개를 돌리며 말했다.

"말주변이 없어서예. 라디오 틀어드릴까예?"

"됐어요."

내 입에서 툭 튀어나왔다.

"조용한 것도 좋네요."

이룩의 말에 둘 다 동의하는 듯했다. 가만히 김포까지 갔으면 했다.

정적을 깬 건 이룩이었다. 이룩의 이야기는 침묵을 깬 정도가 아니었다. 시청자가 기대하는 본 방송은 결방되고 계절과 맞지 않은 생뚱맞은 프로그램이 멋대로 송출된 것 같았다.

"사촌 형의 꼬임에 넘어가지 않았더라면 운전강사가 아니라 다른 일을 하고 있었을 거예요. 다단계가 아닐까 의심했지만 형은 아니라고 잡아뗐습니다. 반신반의하고 있는데 슬쩍 본인 통장을 보여주더라고요. 통장에 인쇄돼 있는 숫자는 상상을 초월했습니다. 형이 밀어줄게. 어릴 때 한 방 쓰던 사인데 설마 내가 너 뒤통수를 치겠냐. 형이 반짝거리는 양복 깃을 세우며 말했어요.

인생역전, 플랜B 같은 단어가 떠올랐어요. 형을 믿었고, 그보다 무대포 기질이 있는 저 자신을 더 믿었습니다. 열심히 하면 될 줄 알았어요. 근데 시간이 가도 나아지는 게 없더라고요. 언제나 밑바닥. 형이 보여준 숫자에 다가가기는커녕 통장에는 마이너스가 붙은 숫자만 점점 더 커졌어요. 불면증에 시달렸어요. 친구들도 떠났고 주변에는 아무도 없었습니다. 어떻게 그 세계를 빠져나왔는지 모르겠어요. 누나가 무릎을 꿇었고, 빚은 매형이 갚아줬어요. 오천만 원도 넘었을 거예요. 죽고 싶어서 그 길로 김포로 올라왔습니다."

처음 듣는 이야기였다. 어떻게 살았는지, 앞으로 어떻게 살고 싶은지 집요하게 물고 늘어진 적이 없었다. 가족들의 생활을 살피고 과거를 더듬는 대화는 우리 세대에는 어울리지 않았다. 하루를 살고, 또 하루를 살아내는 일에만 전력했다. 나는 이룩과 함께 있을 때의 내 감정에 충실했다.

"닥치는 대로 알바를 했지만 그래서는 돈을 모으기 힘들겠더라고요. 버스를 몰아볼까 싶었습니다. 아버지가 운전사였거든요. 버스기사 자격증을 따려고 한창 도서관에 들락거릴 때 자주 거기서 밥을 먹었어요. 지하 식당에는 언제나 사람이 많았어요. 텅 빈 것보다 그게 좋았습니다. 늘 누군가의 옆에 앉았어요. 내가 옆 사람을 위해 있어주고, 옆 사람이 나를 위해 옆에 있어주는 것 같았거든요. 문득문득 말을 걸고 싶다는 생각을 했어요. 즐겨 보는 드라마나 좋아하는 아이돌, 날씨 얘기처럼 해도 그만 안 해도 그만인 화제로요. 밥 먹다가 모르는 사람에게 말을 건다고요? 미친놈 소리 듣기 딱 좋아서 못했습니다.

도서관 로비에서 합창단 모집 포스터를 봤어요. 성인이면 누구나 지원할 수 있다기에 호기심에 신청했어요. 지원자들은 중년여성과 은퇴한 어르신이 대부분이었는데 거기서 그 여자를 만났습니다. '담배 가게 아가씨'를 연습했는데 강사가 그녀와 내게 남녀 부분 솔로를 맡으라고 하더라고요. 기왕 젊은 사람이 있으니 스토리 있는 가사의 매력을 살리자고요. 목젖이 보이도록 입을 크게 벌려도 보고, 노래방에서처럼 자신 있게 내질러도 봤지만 강사는 마음에 들어 하지 않았습니다. 제 음성에 설렘이나 끌리는 마음이 전혀 실려 있지 않다고요. 실제로 아가씨를 꾀는 것처럼, 정말로 새침한 아가씨를 상대하는 것처럼 노래하라고요. 실은 파트너에게 반해 있던 터라 티 내지 말자는 생각에 더 어색해진 겁니다. 어쨌든 우리는 구민의 날 행사에 복고 콘셉트로 무대에 섰고 '담배 가게 아가씨'를 열창했어요."

"그 아가씨 이름이 뭐였는데예?"

택시운전사가 질문했다.

"지영이요, 오지영."

"지영예? 우리 마누라 이름하고 같네예."

이름을 듣는 순간 가슴이 철렁했다. 내 얘기를 한다는 걸 알면서도 그랬다. 흔하디흔한 이름인데, 뭐가 좋은지 택시운전사는 환하게 웃고 있었다.

취업준비생들은 소문과 유행에 민감했다. 취미와 특기란을 채우기 위해 암벽 등반을 하고 롤러스케이트를 타는 애들도 있다고 했다. 하이 다이빙을 적었다가 주목받았다는 둥 체력과 지구력을 강조하려면 마라톤이 딱이라는 둥 하는 말도 돌았다. 남들 다 하는 걸 남들만큼 하는 건 설득력이 약했다. 면접관이 호기심을 보일만한 새로운 장르를 발견하거나 나만의 철학으로 끈기와 재능을 과대 포장해야 했다. 나는 암벽 등반과 마라톤 대신 합창단을 선택했다. 화합과 배려가 요구되는 합창이라면 면접관이 관심을 가질 거라고 생각했다. 세련된 사회성은 조직생활의 주요 덕목이었다.

"통하는 게 많다고 생각했어요. 스무고개를 시작하기도 전에 척

하고 눈치채는 그런 거 있잖아요. 다른 세계에서 온 사람 같았어요. 지영이는 너도 하니까 나도 한다는 대중적인 유행이나 따라쟁이 식의 동의를 못 견뎌했습니다. 까칠하고 예민하게 굴 때마다 점점 더 빠져들었어요. 지영이를 미니어처로 만들어서 주머니에 넣고 다니고 싶을 정도였으니까요. 걷잡을 수 없었죠. 뭐…… 지금은 헤어졌습니다."

"저런. 어쩌다가예……."

택시운전사가 한탄했다.

"버스운전에 필요한 경력 때문에 운전강사를 시작했습니다. 학원에서 젊은 사람을 선호해서 쉽게 구할 수 있었어요. 수강생의 구십 퍼센트가 주부였는데 대부분 끔찍했습니다. 운전이 미숙하고, 방심하면 위험하다는 사실을 잊은 채 수시로 저를 돌아보며 남편과 자식 자랑을 했어요. 시부모, 올케를 욕하며 집안의 속살까지 들춰 흉을 보고요. 밤늦게 한잔하자고 전화하거나 신호 대기 중일 때 은근슬쩍 허벅지에 손을 올리는 사람도 많았습니다. 일반적인 코스는 필요 없으니 코스트코 오가는 길만 알려달라는 사람, 주차만 배우겠다는 사람, 별 사람이 다 있었습니다. 술에 취해 네가 뭔데 날 이런 식으로 대하냐고 소리치던 분도 생각나네요."

눈동자를 최대한 왼쪽으로 굴려 택시운전사의 표정을 살폈지만 우리의 관계를 알 리 없는 그는 이룩의 리얼리티에 폭 빠진 듯했다.

"기사님은 죽은 사람을 태워본 적 있으세요? 잠깐 택시를 몰 때, 한번은 서울로 들어갔다가 종로구 낙원동에서 작업복을 입은 육십 대 남자를 태웠습니다. 영등포로 가자기에 차를 모는데 딸이 다음 날 결혼을 한다고 하더라고요. 축하드린다고 했습니다. 결혼식 전날까지 일하느라 고생 많다고 인사도 건네고요. 편의점 앞에 차를 댔는데 기척이 없어요. 돌아보니 아무도 없더라고요. 미터기에 요금은 찍혀 있지, 낼 사람은 없지, 제 돈으로 채워 넣을 수밖에요. 며칠 뒤 낙원동에서 다리에 붕대를 감은 사십 대 남자를 태우고, 목적지에 도착하니까 또 아무도 없는 겁니다. 제가 손님을 태운 그 자리에 호텔이 있었는데 철거 중에 건물이 붕괴돼 인부들이 엄청 죽었다더라고요.

겁이 나서 그만둔 건 아닙니다. 죽은 사람을 태우는 것보다 폭력이 더 견디기 힘들더라고요. 자다 깬 승객이 휴대전화로 얼굴을 내리치질 않나, 반말을 하질 않나. 수행기사, 그것도 고달팠습니다. 중간에 대기 시간이 많아서 다른 일을 할 수 있다기에 시작했는데 그건 괜찮은 대장을 만나 운이 좋은 경우더라고요. 물론 그럴 가능성은 아주 희박합니다. 쉴 때마다 공장에 가서 작업을 돕게 하거나 선산 잡초제거, 골프 캐디까지 시킨다고 말하는 사람도 있었어요. 우리 대장은 처음 한 달은 잘 해줬어요. 부모님 제삿날 돈도 주고 머슴처럼 부리지도 않고요. 어느 날 저보고 차 안에서 대기하지 말라는 겁니다. 사람 냄새가 난다나. 차에 타면 차 냄새가 나야지 왜 사람 냄새가 나느냐고 짜증을 내더라고요. 매형한테 빚진 돈도 갚아야 하고 목구멍이 포도청이라 참았는데 결국 못 버티고 그만뒀습니다. 원래 술만 먹으면 신호위반과 과속 레이스를 부추기는 버릇이 있었거든요. 경찰서가 먼저냐 퇴사가 먼저냐, 제가 선수를 친 겁니다. 술 냄새도 마늘 냄새도 아닌 사람 냄새, 대체 그게 뭘까요."

택시운전사는 대답하지 않았다.

"씨발, 기사님은 아무것도 묻지 않았는데 전 왜 이렇게 주절대는 걸까요."

이룩의 음성은 성당에서 내게 사과하라고 속삭일 때만큼 작고 낮았지만 나는 그의 목소리가 다 들렸다.

하염없이 눈이 내렸다. 자꾸 내렸고, 자꾸 쌓였다.

이룩을 만났을 때, 나는 사회적인 것에 홀려 있었다. 취직, 직업, 첫 출근, 직장인 같은 단어에 목매고 있었다. 전문적인 일을 하고 싶었고, 연봉이 높은 직장에 다니고 싶었고, 퇴근 인파에 시달리고 싶었고, 주말에는 하품을 하며 피곤하다고 외치고 싶었다. 마침내 내가 K기업의 인턴이 되었을 때 나는 이룩이 지겨워졌다. 훈장이나 배지, 마크 같은 걸 단 기분이었는지 그런 게 없는 이룩이 시시해졌다. 넥타이와 와이셔츠, 잘 다린 양복이 갑옷이라도 되는 양, 나는 사내 직원들을 흘끔거리며 같이 의기양양해졌다. 하이힐을 신고, 허리를 곧추세우고 걸었다. 훈장과 갑옷이 허상이고 환상이란 걸 아는 데 한 달도 채 걸리지 않았지만 나는 6개월간의 인턴이 끝나고 정식으로 채용되길 바랐다. 하지만 회사의 선택은 내가 아닌 다른 사람이었다. 한동안 백수로 지내다가 눈을 한껏 낮춰 이십 년 역사를 자랑하는 중소기업에 들어갔다.

거래처에서 도를 넘은 불만 전화가 걸려오거나 부장의 잔소리가 끝도 없이 반복되면 머리를 콩나물 대가리 자르듯 툭 끊어 바닥에 내던지는 상상을 했다. 끔찍하지 않았고, 하나도 무섭지 않았다. 나는 멍한 얼굴로 빙글빙글 굴러가는 머리통을 내려다보고 있었다. 지하철에서 누군가 몸을 밀치거나 팔을 건드려도 내가 먼저 고개를 까딱하고 말았다. 잘잘못을 따지는 게 귀찮았다. 구걸하는 장애인을 봐도 동정심이 생기지 않았고, 청년실업은 이제 내 문제가 아니었다. 출근하면 화장실 변기에 앉아 졸았고, 내일은 바닥에 손수건을 깔고 앉아야겠다고 마음먹었다. 퇴근 인파에 시달리는 일상은 죽을 맛이었고, 주말에는 방에서 내처 자면서도 피곤하다는 말을 입속으로 웅얼거렸다.

왜 저렇게 이야기를 토해내는 걸까. 저 독백은 언제까지 계속될까. 내가 저 외로움을 중단시켜야 하는 건 아닐까. 이상기온 탓에 3월에 눈이 내리지만 않았어도 이룩이 저런 이야기를 하는 일은 없지 않았을까.

폭설 탓인지 택시는 아직도 섬을 빠져나가지 못하고 있었다. 무릎을 붙이고 여럿이 밀착해 있는 것처럼 답답했다. 숨을 쉴 수가 없었다. 밖으로 나가야 했다. 지독하게 사람 냄새 나는 이곳, 이 공간에서 벗어나야 했다.

"차 좀 세워주세요. 아저씨, 차 좀 세워주세요."

백 미터쯤 직진한 뒤 택시운전사가 차를 멈췄다.

사방이 눈꽃이었다. 네모난 들판은 솜털이 드러난 이불 같았다. 이미 세상은 하얗고 푸른데도 함박눈이 그 위를 덮고 또 덮었다. 찬바람이 불었고, 참았던 숨을 뱉어냈다. 머리 위에, 콧등에, 볼에 닿은 눈송이는 체온에 금세 녹았다.

눈밭에 주저앉아 무릎 사이로 얼굴을 파묻었다. 고개를 들 수가 없었다. 깍깍. 어디선가 까마귀 울음소리가 들렸다. 새가 아니라 내 울음소리인가.

기억
전쟁

세리 씨가 가방에서 스테인리스 주전자를 꺼내더니 내 노트북에 연결해도 되느냐고 물었다. 주전자와 분리된 받침에 열판이 깔려있고 그걸 유에스비 포트에 꽂아 쓰는 제품이었다. 사무실에도 전기로 물을 끓일 수 있는 티포트가 있는데 세리 씨는 그걸 알면서도 일부러 준비한 것 같았다. 유에스비 장치로 찬물이 가열될까 싶었다.

"십 분쯤 기다리셔야 해요."

세리 씨는 무릎을 붙이고, 주먹을 쥐고 앉아 있었다. 물이 끓기 전에는 어떤 것도 하지 않겠다는 의지를 보여주는 듯했다. 책상을 사이에 두고 마주앉은 나도 침묵을 지켰다. 고작 3, 4분쯤 지났을까. 주전자만 바라보고 있는 게 어색해서 다이어리를 끌어당겼다. 이번 달에는 눈에 띄게 상담자가 줄었다. 주 3회, 40분 이상 살짝

땀이 나는 가벼운 운동을 하세요, 같은 조언을 하지 않아서일까. 상대가 이야기를 시작하면 나는 되도록 듣기만 했다. 분석과 충고보다 중요한 것은 듣기였다. 손발짓의 이해와 소리의 공감만으로도 누군가에게 위안이 된다는 걸 경험으로 알았다. 나를 찾는 사람이 적지 않았다. 하루에 십여 명 이상이 보통이었다. 이번 주는 지난주보다 여백이 더 컸다. 월요일에 한 명, 화요일에 두 명, 수요일 없음, 목요일 없음. 금요일의 공백을 채운 이름, 정세리. 세리 씨는 두 번 나를 찾아왔지만 많은 말을 하지 않고 돌아갔다. 내담자가 있을 때는 조심하자고 다짐했는데 그날 세리 씨를 앞에 두고 약을 먹었다. 두통을 참을 수가 없었다.

주전자 밖으로 물이 튀었다. 세리 씨가 성급하게 코드를 빼기 전에 마우스를 움직여 하드웨어 장치 해제 아이콘을 눌렀다. 띵, 짧은 신호음이 울렸다. 그녀는 주전자를 높이 들어 찻잎을 넣어둔 잔에 찬찬히 물을 부었다. 찻잔 역시 은색으로, 포트와 한 세트 같았다.

"민트차예요, 선생님. 뜨거우니까 조심하세요."

손잡이 없는 스테인리스 찻잔이라니. 잔을 만졌다가 깜짝 놀라 손을 뗐다. 윗부분을 들어 밑면을 차받침용 헝겊으로 받쳤다. 세리 씨는 아무렇지 않은지 호호 불며 잘도 마셨다. 차향이 시원했지만 풍미가 가벼운 차는 좋아하지 않았다. 전기포트를 쓰면 1분이면 될 텐데 이렇게 오래 걸리는 걸 가져온 이유가 뭘까. 만남이 길어질 것 같은 예감이 들었다.

"천천히 끓이는 게 더 맛있어요."

세리 씨는 이야기를 하고 싶다고 했다.

세리는 라혁과 처음 데이트했던 어느 금요일 하루를 온전히 기억하고 있다. 그들은 경기도 의왕에 있는 철도박물관에 갔다. 라혁이 제안했고, 세리는 그런 곳이 있는지도 몰랐다. 전철에서 내려 한참 좁은 골목길을 걸었다. 폐업한 가게와 허름한 건물이 줄지어 있었다. 십 분 남짓 걸었을까? 박물관 입구에 다다랐고, 라혁이 표를 끊었다. 매점 옆에 내부를 식당으로 개조한 열차가 있었다. 전시관에는 기차의 유래부터 발전 역사, 외국의 사례를 알 수 있는 패널과 모형이 놓여 있었다. 그들은 건물 밖으로 나가 잘 닦여 윤이 나는 퇴역 기차들을 구경했다. 세리는 날카로운 톱니를 확대해 놓은 듯 엄청나게 큰 기차 바퀴가 신기하기만 했다. 박물관 구석 구석을 돌았다. 기차 탈래요? 라혁이 물었다. 관광기차는 열차 한 량 크기였다. '은하를 달리는 기차' 안에는 그들 외에 고등학생으로 보이는 여자 둘이 더 있었다. 기념사진과 기록사진을 열심히 찍고 있었다. 레일에 체인 감기는 소리가 둔탁하게 들렸다. 칙칙폭폭. 칙칙. 폭폭. 칙폭칙폭. 머리 긴 여자애가 입술을 벙끗거리며 리듬을 맞췄다. 규칙적인 패턴은 하늘이 아닌 대지 위의 소리가 분명했다. 은하를 달린다니 세리는 유치하면서도 재미있다고 생각했다. 몇 시간을 달리지 않아도, 기차를 타면 먼 데 갔다 온 것처럼 느껴졌던 이유를 알 것도 같았다. 기차에서 내려 얼굴에 구멍이 뚫린 차장의 세움사진 뒤에 섰다. 파란색 유니폼을 입고 검정 에나멜 구두를 신은 차장은 경례를 하고 있는 모습이었다. 하나, 둘, 셋. 라혁이 세리를 찍어주었다. 낯선 이에게 보이는 수줍음, 실수하면 안 된다는 긴장에서 오는 차분함. 세리는 얼굴이 달아올랐다. 그들은 철로를 따라 걸었다. 레일 끝을 밟고 걷는데 라혁이 세리의 손을 잡았다. 그들의 키가 비슷해졌고, 나란히 옛길을 걸었다. 세리는 손이 거친 사람을 좋아했다. 라혁의 손은 까칠하고, 그녀의 손이 폭 잠길 만큼 컸다.

일본식 카레를, 라혁은 매운맛으로 주문했다. 세리는 새우튀김을 얹어 먹고, 밥을 3분의 1쯤 남겼다. 카페에서는 아메리카노를 마셨는데, 입술을 모으고 뜨거운 커피를 넘기는 라혁의 모습을 세리는 놓치지 않았다. 그는 오른다리를 위로 해서 다리를 꼰 자세를 유지했고, 이따금 집게손가락으로 콧등 위에 걸쳐진 안경을 치켜올렸다. 말할 때 손가락을 많이 움직였고, 그의 손짓 때문에 세리는 그의 말에 더 집중하지 않을 수 없었다.

한강 둔치에서 라혁은 세리의 오른쪽에 앉았다. 세리가 앉을 자리에 손수건 같은 걸 깔아주지는 않았다. 그들은 편의점에서 산 맥주를 홀짝이며 강을 바라보고 있었다. 저기 봐봐, 라혁이 세리를 툭 쳤다. 얼굴에 허연 분칠을 한 남녀가 보였다. 여자의 코는 피에로처럼 빨갰다. 작은 키에 콧수염을 붙인 남자는 찰리 채플린을 흉내 낸 것 같았다. 광대 커플은 적당히 간격을 두고 멀어졌다. 남자가 엄지손가락으로 자신을 가리킨 뒤 고개를 끄덕였다. 허공에 공을 던지자 여자가 공이 날아간 쪽으로 몸을 움직여 글러브 낀 손으로 공을 받았다. 그리고 다시 남자에게 공을 던졌다. 그들은 캐치볼을 하고 있었다. 여자가 공을 놓쳤다. 공은 멀리 강 쪽으로 날아갔고, 여자는 공을 주우러 갔다. 라혁이 세리를 잡아끌었다. 눈인사를 하고, 자신과 세리를 마임에 껴줄 것을 요청했다. 찰리는 고개를 끄덕였고, 되돌아온 빨간코 여자도 환하게 웃었다. 복식 배드민턴을 치기로 했다. 찰리와 빨간코가 한 팀, 라혁과 세리가 한 팀이었다. 게임은 막상막하였다. 몇 번이나 넘어질 뻔했지만 뒤로 넘어가지 않았고, 세리는 하이힐을 신지 않길 잘했다고 생각했다. 행인들이 걸음을 멈췄다. 말없이 지켜보다가 박수를 치고 떠났다. 찰리 채플린이 휘슬을 울렸고, 경기가 끝났다. 3대 2. 세리와 라혁의 승리였다. 그들은 정중하게 상대 선수와 인사하고, 손을 흔들며 작별을 고했다. 어디선가 벚꽃이 날아와 라혁과 세리의 머리 위에 떨어졌다. 라혁은 세리의 어깨에 손을 올리고 허리를 숙여 불쑥 입을 맞췄다. 햇볕이 따뜻한 날이었다. 살결에 닿는 미풍의 느낌이 황홀했고. 그날 밤 세리는 한 번도 깨지 않고 잠을 잤다. 벽이 무너지는 꿈을 꾸다가 소스라치게 놀라지도 않았고, 동트기 전 잠에서 깨 끔뻑끔뻑 검은 천장을 보고 있지도 않았다.

"잠깐 실례할게요, 선생님."

세리 씨가 나간 사이 서랍에서 럼을 꺼내 식어버린 민트차에 부었다. 스테인리스 컵은 얼음처럼 차가웠다. 차를 단숨에 비운 뒤 컵을 내려놓고, 왼 손목에 향수를 뿌린 뒤 오른 손목으로 톡 쳤다.

편하게 얘기하라고 해도 잔뜩 주눅 든 채 말 못하는 사람들이 있다. 그럴 때 나는 이런 말을 해준다. 직선 위에 점을 세 개 찍고 가운데 점에 현재라고 쓴 뒤 과거와 미래를 적으라고 하면 어디에 과거를 쓰시겠어요? 당연히 왼쪽이죠. 우리에게는 과거, 현재, 미래 순으로 쓰는 게 너무 익숙하니까요. 안데스 산맥의 인디안 부족들은 과거를 물으면 시야의 앞을 가리켰대요. 과거는 이미 경험한 것이므로 '볼 수 있는' 앞에 있다는 거죠. 아직 알 수 없는 미래는 등 뒤에 있고요. 보이는 것만 말씀하세요. 등 뒤를 억지로 돌아볼 필요는 없어요.

해가 지고 있었다.

창에 빨갛게 구멍이 생겼다.

거실 창을 깬 것은 남편과 말다툼을 하고 나서다. 술에 취해 있어서 무슨 일로 싸웠는지는 모르겠다. 분을 풀 대상이 없어서 주먹으로 유리를 세게 쳤다. 피가 났지만 상처가 심하지는 않았고, 약국에서 응급처치를 했다. 폭력적이라면 폭력적인 그 행동은 내게 낯선 것이었다. 남편은 내가 술 마시는 걸 못마땅해 했다. 중독자가 되려고 그래? 중독의 재미를 안다는 건 좋은 거지. 나도 지지 않았다. 알코올 중독이 재미있다고? 남편은 비웃었다. 술이 들어가면 알라딘의 요술램프를 문지르는 것처럼 머리가 말랑말랑해져. 당장이라도 바람이 이뤄질 것처럼 기분이 좋아진다고. 최악이 뭔지 알아? 같은 생각을 반복하는 거야. 언젠가는 내가 사라지리라는 생각. 누구도 나를 기억하지 못하리라는 생각. 심장이 요동쳤다. 고통을 잊기 위해서는 몸을 채울 음료가 있어야 했다. 당신에겐 내가 있잖아. 남편이 가까이 왔다. 나는 움찔 놀랐고, 술을 줄여야겠다고 맹세했다. 욱하는 감정에 또 어떤 행동을 할지 몰랐다.

남편이 손찌검을 한 적이 있다. 아이를 갖지 않겠다는 서약은 결혼 전에 몇 번이나 확인한 것인데 남편은 기억나지 않는다고 했다. 그 화제가 꺼내질 때마다 나는 그럴 의사가 없다고 강조했고 내 말투가 거슬렸는지 어느 날 남편이 따귀를 올려붙였다. 그때 눈을 마주쳤으면 좋았을걸 나는 남편을 피했고 이후 조금 다른 시선, 조금 다른 방향으로 생활하고 있었다. 조금씩 잠잠해졌고, 컴컴해졌다. 아이 문제, 아파트 문제에서 자동차, 벽지, 스피커 등 다툼의 소재는 사소한 것으로 옮겨졌다. 남편은 나를 깎아내리려고 작정한 사람처럼 곳곳에서 말거리를 찾았다. 예전의 나를 기억하지 못하는 것 같았다. 내가 비상식적으로 비뚤어지기라도 한 것처럼 나를 비난했다. 그럼에도 둘 중 누구도 헤어지자는 말은 하지 않았다.

세리 씨가 문을 열고 들어왔다.

"미안하지만 거기 스위치 좀 올려줄래요?"

백열등이 켜지자 방 안의 붉은 기운이 사라졌다.

"고마워요."

세리 씨는 차를 한 잔 더 마시자고 했다. 이번에는 전기포트로 끓였으면 했지만 그녀는 다시 코드를 내밀었다. 절전모드를 유지하고 있는 노트북을 기본으로 변경했다. 세리 씨는 주전자에 생수를 붓고, 젖은 찻잎은 휴지통에 버리고, 다시 찻잎을 잔에 담았다.

"저는 의욕이 떨어져 있었어요. 작은 일에 상처받았고, 나도 모르게 화를 냈어요. 행인과 어깨를 부딪쳐도 무심했고, 상대가 미안하다고 말해도 들은 척 만 척했어요. 만원 지하철에서 발이 밟혀도 바로 대응하지 못했고, 지독하게 통증을 느낀 다음에야 푹 잠긴 목소리로 다리를 치워달라고 말했어요. 아무도 저를 원하지 않았어요, 선생님."

그러곤 아까처럼 무릎을 붙이고 앉아 살짝 주먹을 쥐었다. 나도 그녀처럼 주전자를 바라보고 있었다. 얼마가 됐든 기다리는 시간은 필요한 법이다. 지켜보고 있는 한 언젠가는 물이 끓으리라는 걸 알고 있었다.

왜 나를 칭찬하지 않아?

만난 지 2주쯤 됐을 때 세리는 불쑥 이런 말을 꺼냈다. 라혁에게 자신의 좋은 점을 말해달라고 했다. 날 사랑하지 않는 거야? 흡연이 가능한 카페였다. 라혁은 세리를 흘끗 쳐다볼 뿐 곧바로 대답하지 않았다. 담배연기를 길게 내뿜은 뒤, 그건 아냐, 라고 말했다. 그는 오른 다리를 위로 올려 다리를 꼬았다. 담배를 한 모금 빨고 다시 왼다리를 위로 올렸다. 세리는 대답을 기다렸다. 라혁을 당황하게 할 마음은 없었다. 자신은 자존심 없는 사람이 아니며, 감정의 변화를 모를 만큼 둔감하지도 않다는 걸 알고 있었다. 왜 이렇게 예민하세요, 공주님. 미간을 찌푸리는 건 공주님의 건강에 해롭사옵니다. 얼굴이 거미 주름으로 뒤덮일지도 모른다고요. 하마터면 웃음을 터뜨릴 뻔했다. 지금 농담할 때야? 라혁을 향해 눈을 흘겼다. 볼에 물방울이 튀었다. 고개를 돌리자 검은 옷을 입은 사내가 젖은 우산을 접고 있었다. 비가 질기게도 왔다. 사흘째 우산을 들고 나왔다. 전날 라혁에게 바람 맞은 탓에 세리는 혼자 극장에 갔다. 3시 50분 영화였는데 3시 48분에 로비에 도착했다. 표를 끊는데 직원의 일처리가 느려도 너무 느렸다. 광고 없는 극장이었기 때문에 영화는 정시에 시작했으므로 세리는 초조했다. 거스름돈과 표를 건네주자마자 직원이 무전기에 대고 말했다. 2관, 관객 한 분 들어갑니다. 영화 상영해주세요. 세리가 좌석에 앉자 탁, 하고 불이 꺼졌다. 502호 할머니 때문에 안 그래도 마음이 복잡했는데 혼자 영화를 보려니 쓸쓸해 죽을 맛이었다. 그래도 시끌벅적한 카페보다 어두운 극장 안이 나을 것 같았다.

502호 할머니는 종이박스를 정리하고 있었다. 베트남 여자랑 결혼한 아들이 에쿠스를 타고 다니는데도 폐지를 모아 고물상에 가져가는 사람이었고, 빌라에 사는 사람 중 세리가 유일하게 알고 지내는 이웃이기도 했다. 고개 숙이며 인사했지만 할머니는 허리도 펴지 않고 예, 하고 대답만 했다. 궂은 날씨에도 일을 하시네요. 할머니가 두 손으로 난간을 꼭 잡고 계단을 오르내리는 걸 봤기 때문에 다리가 불편하다는 건 알았지만 귀까지 어두운 줄은 몰랐다. 박스 버릴 거 있다고? 지금 내려다 주고 가면 쓰겠고만. 동문서답이었다. 몸을 움직여야 살아. 젊으나 늙으나 일을 해야 산다고. 하이고, 비가 질리게도 오네이. 이제 고만 해 좀 봤으면 허는데. 찾아보면 버릴 거야 없지 않겠지만 누런 종이 몇 장이 할머니의 벌이에 도움 될 리 만무했다. 구부러진 등에 대고 목례를 한 뒤 전철을 탔다. 전철 안에 소형손수레에 물건을 담아 파는 상인이 있었는데, 서 있는 사람들을 지나며 발 다칩니다, 라고 말했다. 손수레에 달린 바퀴에 발등을 찍지 않도록 조심하라는 경고였다. 그가 지나갈 자리를 만들어 주느라 세리는 옆에 있던 사람과 부딪쳤다. 우산 파는 사람이었다. 정전기 방지 기능이 있어 번개 맞을 걱정은 하지 않아도 된다고 했다. 일곱 색깔 무지개색은 어디서나 눈에 띄어 교통사고 확률도 적다고 했다. 펼쳐진 우산은 너무 커서 또 한 번 주변 사람들이 비켜줘야 했다. 잠시 지나가겠습니다. 발 다치지 않도록 조금만 비켜주세요. 세리는 상인이 했어야 할 말을 대신 읊조려 보았다. 어제 일 때문에 그러는 거야? 혼자 영화 본 게 억울해서? 라혁이 어린애처럼 웃으며 물었다. 세리는 극심한 피로를 느꼈다. 자신을 꼬마 대하듯 하는 태도에 화가 나서 벌떡 일어났고, 가방에 걸려 의자가 뒤로 넘어갔고, 몇몇 손님들이 얼굴을 찌푸렸다.

　라혁은 자주 떵떵거리며 살 거라고 말했다. 떵떵거리며 백화점에 가서 카드를 긁고, 떵떵거리며 외제차를 몰고, 떵떵거리며 콘서트홀의 VVIP석을 끊게 되는 걸 말하는 걸까? 일 년에 서너 번 해외로 가는 비행기를 타고, 부모에게 현금다발을 안겨드리는 것? 라혁은 정원과 텃밭이 있는 교외에서 살고, 채소와 과일을 자급자족하고, 마당에 궁전 같은 개집을 두고 사는 것을 '떵떵거리는 삶'으로 생각했는지도 모른다. 라혁은 변덕스러웠다. 대도시에서 살고 싶어 했다가 금세 한적한 시골을 선호했다. 매번 다른 말을 했다. 세리는 '떵떵'이 그들을 위한 행운의 나팔소리도, 미래를 밝게 할 희망의 축포도 아니란 걸 알았다. 라혁은 닥치는 대로 일하겠다는 마음이 없었다. 번역작가협회에 등록해서 의뢰가 들어오길 기다리는 것보다 '괜찮은' 출판사를 뚫어 느긋하게 작업하는 게 자신과 맞다고 했다. 영화, 사진 관련 서적은 수입이 많지 않았다. 새로운 장르를 개척해야 했다. 대학에서 연출을 전공했고, 유학도 다녀와 희귀한 책을 제법 소장하고 있었다. 하지만 그 책들은 번번이 번역을 거절당했다. 생각해 보자는 출판사의 말에 한두 챕터를 번역하기 시작해 책 한 권을 모두 끝낸 것도 있었다. 그러나 라혁은 언젠가 영화를 찍겠다는, 상업영화 감독이 되리라는 바람을 포기하지 않았다. 그런 그가 모 구의원 선거 사무실에서 일하게 됐다고 알렸을 때 세리는 놀라지 않을 수 없었다. 집 앞으로 나오라는 연락을 받고 나가보니 라혁이 운전석에서 내렸다. 사무실에서 빌려준 차라고 했다. 뒷좌석에서 비타민 음료와 화분을 꺼내 세리에게 건넸다. 하루에도 수십 개씩 들어오는데 먹을 사람도, 기를 사람도 없다고 했다. 이건 뭐야? A4용지가 가득 든 종이백이었다. 이면지. 자소서 쓸 때 사용하라고. 한 쪽 면은 깨끗한데 몽땅 버리는 것 같더라. 하루에 몇 백 장인데 아깝잖아. 자소서 한 방에 써지는 거 봤냐? 부지런히 써. 다음에 또 갖다 줄게. 슬쩍 꺼내보니 컬러로 인쇄된 당명이 한눈에 들어왔다. 번역은 안 해? 영화는? 세리가 물었다. 라혁은 자신만만한 얼굴로 명함을 건넸다. 라혁의 이름 옆에 영상 총감독이라고 적혀 있었다. 선배가 끈질기게 부탁해서 말야. 일단 선거 때까지만 도와주기로 했어. 입봉 준비라고 하면 너무 거창하지만 인맥은 무시 못 하니까. 영화사가 아닌 구의원 사무실에서 어떤 인맥을 만든다는 건지 알 수 없었다. 세리는 자신이 하고 싶은 게 뭔지 알 수 없었다. 하기 싫은 일은 분명했다. 말을 많이 해야 하는 텔레마케팅이 싫고, 여자들만 있는 회사가 싫었다. 계약직 직원이 싫고, 가족적인 분위기에서 일한다고 떠벌리는 회사가 싫었다. 야근수당으로 월급을 생색내면 안 되고, 주말의 자유를 뺏는 것도 당치 않다고 생각했다. 불합격에도 실망하지 않고 면접비를 용돈으로 쓰는 친구들도 있었지만 세리는 여전히 집에 있는 시간이 많았다. 아주 가끔 집밖에 나갔다.

그들은 교외 모텔에 있었다. S모텔이었나, Z모텔이었나, 모텔 앞에 대문자로 인쇄된 알파벳이 붙어 있었다. 세리는 침대에 걸터앉아 머리를 말리다가 쥐를 발견했다. 쥐새끼는 빗과 화장품, 텔레비전 등이 놓여 있는 장식장 아래를 잽싸게 지나갔다. 세리는 소리를 질렀다. 침대 위로 두 다리를 올리고 쥐새끼에게 눈을 떼지 않았다. 잠시 사라졌다 나타난 쥐새끼는 의자에 걸쳐 놓았던 세리의 블랙재킷을 타고 넘었다. 쓰레기통을 한 바퀴 돌고 다시 칙칙한 커튼 밑으로 사라졌다. 쥐는 세리가 가장 싫어하는 동물이었다. 엄마야! 라혁은 그제야 타월로 하체를 가리고 욕실에서 고개를 내밀었다. 고아도 아니고 왜 아무데서나 엄마를 찾는 거야. 라혁이 책망했다. 쥐, 쥐 있단 말야! 쥐새끼가 내 옷 밟았어! 아아아아아악! 세리는 흥분한 목소리로 외쳤다. 라혁은 태연했다. 조용히 좀 해. 전쟁 났는 줄 알겠다. 세리 아닌 다른 사람을 신경 쓰는 말투였다. 세리는 그가 자신의 공포와 두려움을 나누고 싶어하지 않는다는 걸 알았다. 라혁은 티셔츠와 바지를 꿰입고 밖으로 나갔다. 방을 옮긴 뒤, 세리는 보란 듯이 등을 돌리고 누웠다. 아무 일도 없었다는 듯 라혁이 몸을 붙여왔다. 내가 옆에 있는데 뭐가 무섭다고 그래. 인간한테 기생하는 쥐보다 먹이사슬에서 경쟁하는 동물이 더 살벌한 거야. 귓속에 속삭여대고, 세리의 귓불에 입을 맞췄다. 투박한 손으로 세리의 옷을 들추고 피부를 쓰다듬었다. 하체로 손이 내려왔다. 세리는 라혁과 있을 때마다 자기도 모르게 몸이 이완됐는데, 그날도 마찬가지였다. 심지어 찍찍, 찍찍, 쥐소리를 내며 신음했다.

창밖이 완전히 어두워졌다. 한기를 느꼈는지 세리 씨는 벗어두었던 카디건을 어깨에 걸쳤다. 퇴근 시간이 한참이나 지나 있었다.

가방에서 파우치를 꺼내 화장을 고치러 가는 것처럼 자리를 비웠다. 파우치에는 보드카 샘플이 들어 있었다. 장식용이 아닌, 내가 마시려고 해외 직구 사이트에서 종류별로 구매한 거였다. 잔에 따를 필요도 없고, 먹다 남은 병을 열 일도 없었다. 샘플은 두 모금이면 충분했고 금세 속이 뜨거워졌다. 변기에 앉자 찔끔찔끔 오줌이 나왔다. 립스틱을 덧바른 뒤 방에 돌아와 왼 손목에 향수를 뿌린 뒤 오른 손목으로 꾹 눌렀다.

"전에는 잠을 못 주무신다고 말씀하셨는데 생활습관이 달라진 게 있나요?"

내가 물었다.

"산책이요. 그저 아스팔트를 밟는 것뿐이지만 운동화를 신으면 오래 걸을 수 있어요."

내담자에는 두 종류가 있다. 자신을 잘 감추는 사람과 그러는 척하는 사람. 세리 씨는 후자였다. 결국에는 털어놓고야 마는 사람이었다.

"예전에는 도무지 생각을 멈출 수가 없었는데요 선생님, 요즘은 약 없이도 잠을 자요."

세리 씨가 덧붙였다.

생각은 엉켜버린 실뭉치. 생각은 끝없이 하늘로 열린 창. 생각은 머릿속에서 뭉게뭉게 피어나는 연기. 생각이 많은 사람의 머리는 뽀송뽀송 말라 있지 않고 물기에 젖어 있다. 생각에 집착하는 사람은 캄캄한 동굴에서 산다. 누구의 방해도 받지 않고 홀로 있기 위해서. 그런 사람들은 혼자 두면 안 되었다. 나는 여기까지 와서 명랑하게 떠들어대는 사람을 가장 경계했다. 나쁜 마음먹으면 안 된다고 소리쳐주고 싶은 사람이 한둘이 아니었다. 에둘러 말하기에는 내게 주어진 시간이 너무 짧았다. 그들의 잘못이 아니었다. 마지막으로 만난 분이 선생님입니다. 잠깐 찾아봬도 되겠습니까? 경찰의 전화를 받을 때마다 바퀴 빠진 열차처럼 덜컹거렸다. 선로를 벗어난 죽음이 너무 많았다.

이면지 앞면에 적힌 글을, 세리는 읽지 않을 수 없었다. 라혁 말대로 자기소개서를 썼다 고치는 일이 반복되면서 구겨 내던져버린 종이도 많았는데 그때마다 붉게 인쇄된 글씨가 눈에 띄었다.

현 정부의 행태를 보면 제정신으로 할 수 있는 일인지 의심스럽다. 그때는 맞고 지금은 틀리다는 식의 엉터리 발언에 국민들은 분노하고 있다. 감성팔이 좌파들. 역사는 그 시대를 사는 사람들의 변화된 의식을 반영해야 한다. 정권의 앞잡이들에게 결코 굴복해서는 안 된다.

세리는 핵심을 알 수 없었다. 구석기 시대가 최대 90만 년까지 차이 나고, 이순신의 업적, 고구려 광개토대왕의 사망 연도, 한국전쟁

당시 국군의 압록강 진격일도 교과서마다 다르다. 8종의 한국사 교과서가 역사를 다르게 말하고 있으니 하나로 통일해야 한다. 학계의 다양한 학설을 인정하는 것이 옳은 줄 알았던 세리는 이면의 글에 호기심이 생겼다. 라혁에게 물어봐야겠다고 생각했다. 라혁은 바쁘다고 했다. 의원님과 저녁을 먹으러 와서 바쁘고, 의원님과 회의 중이라서 바쁘고, 의원님의 차를 수리하러 와서 바쁘다고 했다.

턱밑에 칼이 있거나, 눈앞에 총이 있거나, 누군가 어마어마한 액수의 현금다발을 내밀며 협상을 시도하려고 할 때, 거짓을 사실로 둔갑시키라는 강요를 받는다면, 그래서 거짓을 진실로 믿어야 하는 순간이 온다면 어떤 선택을 할 거야? 라혁에게 던질 질문을 만들었다. 소녀상 철거 반대집회에 가던 사람들이 톨게이트를 지나지 못하고 있었대. 몇몇이 도로를 막고 주저앉자 경찰이 짜증내며 말했어. 이러면 일반 사람들이 못 지나가잖아요. 그러자 허름한 옷을 입은 남자가 이렇게 대꾸했대. 일반 사람? 난 삼반, 사반 사람인가? 나도 일반 사람이야. 라혁에게 전할 오늘의 유머도 생각했다. 한쪽 테가 부러져 기울어진 안경을 끼고 산책을 나갔다. 자동차와 배달 오토바이를 피해 울퉁불퉁한 골목을 걸었다. 큰길로 나가자 '약자와 서민이 살기 좋은 나라, 우리가 만들겠습니다', '대한민국의 어르신들을 응원합니다'라는 글씨가 머리 위에서 휘날렸다. 자기소개서는 써도 써도 나아지지 않는 것 같았다. 경험을 그럴듯한 포장지로 감싸고 에어캡으로 덩치를 불리다 보니 정작 사실과 진실은 몸체를 줄이며 말라가고 있는 듯했다.

　횡단보도 앞에 소형 봉고차가 멈춰 섰다. 문이 열리자마자 찰리 채플린과 빨간코 여자가 내리지 않았다면 세리는 걸음을 멈추지 않았을 것이다. 세리가 아는 얼굴이었다. 그들은 들고 있던 사다리를 '약자와 서민이 살기 좋은 나라, 우리가 만들겠습니다'라고 인쇄된 플래카드 아래 세웠다. 운전석에서 허수아비 분장을 한 사람이 내렸고 그는 찰리에게 끈을 쥐어주고 빨간코에게 걸어가면서 천막을 펼쳤다. 천막에는 다음과 같은 글이 두 줄로 적혀 있었다. '대한민국의 청년은 아름다운 나라를 꿈꿉니다', '사랑해요, 우리나라'. 허수아비는 손바닥을 위로 올렸다 아래로 내렸다를 반복하며 수평을 맞췄다. 그런 식으로 마임을 하는 것도 아닐 텐데 셋 다 말이 없었다. 찰리와 빨간코 여자가 끈을 묶고 사다리를 접을 때쯤 어디에 있었는지 모를 사람들이 거리로 나왔다. 이십 대로 보이는 남녀 십여 명이 같은 동작으로 몸을 움직였다. 보행을 막지 않으려고 세로로 줄을 맞췄다. 계획된 퍼포먼스 같았다. 여러 차례 연습한 듯 안무는 딱딱 맞았다. 음악은 봉고차에서 흘러나왔고 찰리와 빨간코도 그들과 함께했다. 허수아비는 사진을 찍었다. 악기도, 도구도, 캐치프레이즈도 없었다. 맨손으로 행동만 했다. 리듬이 무척 빠른 외국 곡이었는데, 노래가 끝나자 청년들은 서로의 어깨에 팔을 걸치고 하이파이브를 하면서 한곳으로 몰려갔다. 누군가 구경꾼이었던 세리에게 어깨동무를 했다. 세리는 '아니라는'

표정을 지어 보였지만 상대는 본 척 만 척이었다. 우르르 술집에 들어갔다. 술잔이 돌고 술이 채워졌다. 분위기에 휩쓸려 세리도 연거푸 맥주를 마셨다. 세리는 줄곧 찰리와 빨간코 여자를 주시했지만 그들은 세리를 알아보지 못했다. 그녀와 눈이 마주쳤는데도 건배를 권하는 모양으로 잔을 들어 올리며 웃을 뿐이었다. 연극이나 마임을 하시나요? 자리가 바뀌어 빨간코 여자와 마주 앉았을 때 세리가 물었다. 여자는 귓바퀴를 잡아 늘리며 다시 한 번 말해달라는 제스처를 취했다. 누군가 스피커 볼륨을 높여달라고 했기 때문에 술집은 시끄러웠다. 세리가 아까보다 큰 목소리로 말했다. 공연을 하시나요? 우린 그런 거 안 해요! 매일 현장에 있어요! 빨간코가 목청 높여 대답했다. 그 후에 덧붙인 말은 들리지 않았다. 찰리와 빨간코는 수다쟁이였다. 말을 엄청나게 쏟아냈다. 사방을 향해 떠들면서 쉬지 않고 몸을 움직였다. 노래를 따라 부르다가 앉은 채로 춤을 추기도 했다. 그들만이 아니었다. 그 자리에 있는 청년 모두 에너지가 넘쳐 보였다. 세리는 '이건 아닌데'라고 여기면서도 어리둥절 그곳에 머물렀다. 옆 사람의 술이 세리의 잔에 부어지고, 술이 술을 불렀다. 허수아비는 무리 중에 가장 나이가 많아 보였는데 잔에 손도 대지 않고 생각에 잠겨 있었다.

정신을 차리고 보니 라혁이 사는 오피스텔이었다. 술집에서 어떻게 나왔는지 기억나지 않았다. 세리는 라혁의 베개를 베고 있었다. 팔을 괴고 모로 누워 있던 라혁과 눈이 마주쳤다. 라혁이 가만히 세리를 쳐다봤다. 객관적으로 봤을 때 너가 미인은 아니지. 그는 맥락도 없이 말을 꺼냈다. 객관적? 객관적인 미인이 존재하기나 해? 세리의 목소리가 갈라졌다. 이럴 때는 어떻게 대꾸해야 하나? 웃자고 하는 말인가? 살면서 예쁘다는 말 들어본 적 없지? 라혁이 머리를 쓰다듬으며 물었다. 라혁이 영화배우 뺨치는 여자랑 사귀었다는 걸 세리는 알고 있었다. 같이 걸으면 남자든 여자든 한 번씩 그 여자를 돌아봤다고 했다. 그 전 여자 친구는 더 예뻤다고 했다. 지하철이나 버스를 타면 나이가 많든 적든 모든 남자들이 흘끔거렸다고 말했다. 그래도 지금은 너가 제일 예뻐. 라혁이 히죽 웃었다. 이면지와 관련해 궁금했던 것과 준비했던 유머를 해야 했는데 목이 타 입술이 떨어지지 않았다. 갑자기 웬 미인 타령인지 알 수 없었다. 기억나는 에피소드가 있었다.

대학 입학 전, 세리는 테마파크에서 아르바이트를 했다. 방귀대장 뿡뿡이 캐릭터로 분장하고 꼬마 손님을 반기는 일이었다. 배와 엉덩이가 볼록 튀어나오고, 다리도 짧고, 때가 탄 옷이 마음에 들지 않았지만 어쩔 수 없었다. 인형을 뒤집어쓰고 아이들을 향해 힘차게 팔다리를 휘저었다. 한겨울에 땀을 뻘뻘 흘리고 있는데 서너 살쯤 된 꼬마가 다가왔다. 뿡뿡아, 너 참 예쁘다. 꼬마는 세리의 엉덩이를 쓰다듬은 뒤 손을 흔들며 멀어졌다. 예쁜 뿡뿡아, 안녕. 태어나서 예쁘다는 말을 들은 건 그때가 처음이었다. 라혁이 자세를 바꾸며 세리에게서 얼굴을 돌렸다. 세리는 속으로 백까지 센 뒤 욕실에 갔다. 거울을 보고, 잠깐 망설이다가 라혁의 칫솔로 이를 닦았다. 그를 잃고 싶지 않았다. 벽 쪽이 아닌 침대 끝에 붙어 자는, 아무리 추워도 모자를 쓰지 않는, 짠 것보다 단 걸 선호하는 그가 좋았다. 잠들었는지 라혁은 기척이 없었다. 수평이 맞지 않는 안경을 찾아 쓰고 오피스텔을 나왔다. 지금은 너가 제일 예뻐. 인형 탈을 쓰지 않고도 그런 말을 듣다니. 세리는 라혁의 그 말을 영원히, 영원히 잊지 않으리라 다짐했다. 숙취 탓인지 엘리베이터 안에서 현기증이 났다. 속이 메슥거렸다. 뭐라도 잡지 않으면 금방이라도 주저앉을 것 같았다. 차가운 금속 봉을 잡았다.

나는 눈을 감았다. 신경을 곤두세우고, 입술을 꼭 다물고, 내가 왜 여기 있는지 헤아리려고 했다. 차가운 달이었다. 곧 찬 바람이 불 거였다. 세리 씨가 무슨 이야기를 했는지 생각나지 않았다. 내게 어떤 대답을 요구했던가?

"라혁이 저를 찍었어요. 의원님과 함께 있는 저를요. 갈팡질팡하면서도 라혁이 시키는 대로 했어요. 피켓을 들고, 춤을 추고, 노래를 불렀어요. 발언도 해야 했는데, 이면지에 적힌 것과 비슷한 내용이었어요. 한창 일하고 경제활동을 해야 할 젊은이들이 많이 어렵습니다. 청년들이 힘차게 노동할 수 있는 일자리 창출에 힘쓰겠습니다. 젊은 바람을 불어넣어 신선한 정당, 신뢰받는 정당을 만들겠습니다. 우리를 숨쉬게 하는 자유, 정의로운 민주주의를 지키면서

230

튼튼한 보수, 합리적 보수로 나아가겠습니다. 큰소리로 또박또박 발음했어요. 잘하고 싶었어요. 저를 바라보는 사람들이 주위에 가득했거든요. 깔끔한 원색 정장도 새로 샀어요. 면접 때 입으려고 했던 걸 보여줬더니 라혁이 고개를 가로젓더라고요. 색상이 너무 어둡다나. 머리를 단발로 자른 건 이미 눈치채셨죠? 뒷목이 시원해서 좋아요. 턱밑에 칼이 있거나, 누군가 총을 겨누거나, 현금다발을 미끼로 한 거짓 협상과 맞닥뜨린 상황에 관한 답변은 듣지 못했어요. 물어보지 않았거든요. 사실을 거짓으로 둔갑시키거나 거짓을 사실로 믿어야 하는 순간이 온다면 선생님은 어떻게 하시겠어요?"

세리 씨가 무슨 말을 했는지 떠올리려고 애썼다.

"저는 기억전쟁에서 진 거예요, 선생님. 저를 잊어버린 거라고요. 전쟁에서 패배자가 생기는 건 필연적이잖아요. 제 말, 이해하시겠어요?"

어지러웠다. 마지막 한 방울이 과했나.

"어쩔 수 없잖아요. 저는 괜찮아요."

앞이 캄캄했다. 갈증이 났다. 잔을 들었다가 비어 있는 걸 알고 내려놓았다. 거실 유리를 깼을 때 생긴, 보이지 않는 상처가 욱신거렸다. 상대가 이야기를 시작하면 나는 되도록 듣기만 했다. 나를 찾는 사람이 적지 않았다. 손발짓의 이해와 공감만으로도 누군가에게 위안이 된다는 걸 경험으로 알고 있었다……. 한숨을 쉬자, 방 안이 민트향으로 가득했다.

발문

발화되지 못한 개인어의 시간과 은색 호루라기
-이재은의 소설에 부쳐

정홍수(문학평론가)

　이재은의 등단작 「비 인터뷰」는 자신만의 개인 언어를 만들어
쓰는 소년의 이야기다. '딥'은 '예스', '딥딥'은 '노우', '파파이슬'
은 '여보세요'다. 소년은 자신을 '비'라고 부르라고 하면서, 그것
도 '올해까지'라는 단서를 단다. 이유는 없다. 그냥 '심심해서'다.
'딥딥'이 지겹다는 생각이 들면서 대체할 다른 말을 떠올려보기도
한다. "쫠? 얍? 닫닫. 팟팟. 브, 푸푸, 풉?" 그러니까 그 말들은 최종
적인 것이 아니고 잠정적이다. 소년은 지금 '감정 노동자의 고충'
취재차 만나기로 한 통신 노동자 상명 씨(그는 180일 넘게 파업을 하다
동료들의 비난을 감수하고 업무로 복귀한다) 대신 인터뷰 자리에 나온 것
인데, 소년의 아버지인 상명 씨는 작업 중 감전 사고로 의식을 잃

발문_발화되지 못한 개인어의 시간과 은색 호루라기　235

고 병원에 입원해 있다는 사실이 나중에 밝혀진다. 인터뷰어인 화자의 입장에서 보면 '비 인터뷰'는 처음부터 어긋나버린, 실패가 예정된 인터뷰일 수밖에 없다. 그러나 그 어긋남과 실패의 과정이 기록되고 보고되는 순간 소설이 탄생하는데, 여기에는 이재은이 소설을 정의하는 고유한 시선이 있는 것 같다.

무엇보다 이재은은 그가 소설에서 그리고 상상하는 인물들에 대해 환원과 수렴의 '마지막' 언어, 이른바 공약(公約) 가능한 언어를 쉽게 건네서는 안 된다고 생각하는 듯하다. 그렇다는 것은 '감정 노동자' '통신 노동자'와 같은 쉬운 사회적 언어를 거부하는 방식으로 소년 '비'를 소설 안에 출현시키는 데서 강렬하게 표현되어 있다. "통신 노동자와 인터뷰하기로 했는데 웬 꼬마가 나타났다"(37쪽)는 첫 문장은 그 거부의 선언이라 할 만하다. 그러고는 꼬마에게서 "확, 술냄새가 났다"(37쪽)는 진술이 바로 이어진다. 상황과 인물은 예상 가능한 전형성으로부터 오지 않고 개별적인 맥락에서 놀라울 정도로 생생하게 도착한다.

인터뷰는 시작과 함께 장애에 부딪치는데 작가는 그 인터뷰의 실패를 구조화하면서 소설이 그와 같은 실패와 엇갈림을 아이러니의 형식으로 끌어안는다는 점을 분명히 한다. 인터뷰의 공식성이 제거되자 인간 이야기의 총체적 발화가 가능해지는 것이다. 그때 소설의 총체적 발화는 표면적으로 소년의 구술과 화자의 청취로 이루어지는 것처럼 보이지만, 사실은 상상력이라는 소설의 특권이 작동하는 공간이 된다. 라면 한 개 반과 물 탄 소주로 한 끼의 식사를 해결하는 소년의 궁핍, '딥, 딥딥'의 개인어를 만들어 내야 했던 소년의 외로움이 사회적 현실의 반영과 보고를 포함하면서도 인간 현실의 상상적이고 창조적인 제시와 탐구로 모습을 바꾸는 것도 바로 이 지점에서다. 그러니까 딥, 딥딥의 언어와 술 마시는 소년은 상상력이 작동하는 총체적인 미메시스로서만 소설의 육체를 이루고 있다. 소년의 맞은편에 중년의 사내 규만이 소년의 환상(소년의 외로움이 빚어낸 환상의 인물일 가능성이 전혀 없는 것은 아니다), 혹은 짝패로서 기능하는 소설의 또 다른 구조에 대해서도 비슷한 이야기가 가능할 것 같다.

게임에 빠져 폐인처럼 생활하는 규만으로부터 아버지의 휴대폰으로 전화가 걸려온 것은 새벽 다섯 시경이다. 욕설과 협박이 쏟아지는 전화를 내치지 않고 그 새벽에 주소를 머릿속에 기억하면서까지 규만의 집으로 소년이 찾아가는 상황은 쉽게 납득될 만한 것이 아니다. 그런데 그렇게 찾아간 규만의 집에서 벌어지는 일이야말로 난데없고 황당한데 소년의 이야기를 전하는 소설의 어조는 태연하기 그지없다. 규만은 진짜 칼을 들고 위협하듯 소년을 맞으면서(규만이 전화로 말한 '천만 원짜리 칼'은 인터넷 게임의 아이템으로 짐작된다) 대뜸 묻는다. "술 마실 줄 아냐?"(44쪽) 본능적으로 두 사람이 서로를 알아보는 장면이 아니라면 성립되기 어려운 이야기다. 말하자면 이재은의 소설적 상상력은 두 사람의 이상한 우정이 시작되는 순간을 그들 사이의 알지 못할 맥락 안에 놓아두는데, 이 개방과 관대가 이재은이 소설에서 인물을 맞아들이는 자세이고 태도라는 생각을 하게 된다. 작가는 이들 두 사람 모두 공인된 사회적 소통의 회로 바깥에서 자신들의 진실과 언어를 구하는 존재라는 것을 정확히 알고 있다.

장기간의 파업과 사고로 인한 아버지의 부재가 소년에게 만들어 놓은 가족의 빈 곳은 이상하게 메워지는데, 소년과 규만은 그들만의 개인어를 통해 소통한다. 규만이 한밤중에 소년을 불러 함께 어딘가로 가자고 청할 때의 대화를 보자. "나랑 어디 좀 가자." "어디요?" "가보면 알아." (……) "하늘대공원까지 걸을 수 있겠지?" "딥."(49쪽) 이게 두 사람의 두 번째 만남이다. 인간의 이야기에는 여백 혹은 공백이 있을 수밖에 없고, 소설 역시 그 앞에서 멈추어야 할 때가 있다. 이재은의 소설에는 그 멈춤, 유보의 시간이 있다. 소년 앞에서 인터뷰를 위한 노트북을 닫는 순간 소설이 가능해졌다는 점도 상기할 필요가 있다.

규만이 '또리'를 찾는 현수막을 나무에 걸다가 소년에게 길이가 다른 손가락을 보여주는 장면이 있다. 그러나 "공장 사람들 많이 원망했지. 지금은 잊었어"(51쪽) 이상의 설명은 없다. 사실은 "자식처럼 키웠다"는 '또리'가 누구인지, 어떻게 해서 잃었는지조차 분명하지 않다. 동물인지 사람인지도 알 수 없다. 현수막에 적힌 "또리를 찾습니다. 재발방지 진실 생명……"의 문구는 사회적 재난과의 관련을 암시하는 것도 같지만 소설은 침묵할 뿐이다. 그 글자들은 찢어지고 짓밟히는데, 규만이 다시 준비해 온 문구("바다를 본 적 없다고 해도 어딘가에 바다가 존재한다는 것을 믿어야 한다.")도 사정을 정확히 아는 데는 그다지 도움이 되지 않는다. 다만 현수막에 소년의 이름도 넣어 이제 '또리'를 찾는 게 두 사람의 사업이 되었음을 분명히 한다. 그것은 아마도 사고로 의식을 찾지 못하고 있는 소년의 아버지에 대한 규만의 마음이기도 할 것이다. 이재은의 소설은 아주 희미한 선으로 그 연대를 암시한다. 그렇다면, 소년의 응답은 무엇일까. 딥. 딥딥. 딥. 딥딥. 딥. 딥딥. 딥. 딥딥딥. 디디디디비디비딥. 디비디비…… 소설에는 이 말에 따옴표가 붙어 있지 않다. 긍정과 부정을 오가며 그 사이 어딘가에서 마음의 흐름을 찾고 있는 소년의 개인어는 발화되지 않은 것이기 쉽다. 이어지는 소설의 마지막 문장. "소년은 눈물 젖은 입술을 뻥긋거리며 어둠 속에서 소리를 질러대는 규만을 바라만, 바라만 보고 있었다."(60쪽) 인터뷰를 기록하는 노트북을 접고, 준비해온 질문지의 질문을 지운 채 소년의 말에 귀를 기울이며 시작된 화자 '나'의 자리는 이렇게 소년의 자리로 옮겨가 그의 마음 안에서 다시 발화되지 않는 침묵의 응시와 함께 끝난다.

소설은 끝내 이런 실패의 기록이어도 좋을 것이다. 상상력은 작가에게 주어진 무한 권능일 수 없다. 타자의 언어는 아직 태어나지 않았거나 '딥, 딥딥'과 같이 태어나고 있는 중일 수도 있다. 그 말들에 귀를 기울이려는 막막하고 간절한 마음 안에서 상상력은 희미하게 몸을 뒤챌 것이다. 준비한 질문지를 지워야 할 수도 있고, 노트북을 덮어야 할 수도 있다. 어떤 말들과 어떤 표정 앞에서는 다가가기를 멈추고 그저 바라보기만 해야 할 수도 있다. 그럴 때 소설은 어디에 있나. 혹은 어디에 있어야 하나. 이재은의 다른 소설이 알려주는 것처럼 바깥의 소리, 타자의 소리를 듣기 위해서는 역설적으로 헤드폰을 쓴 채 자신만의 공간 안으로 숨어 들어야 할 수도 있다(「헤드폰」). 그렇게 귀를 막고 눈을 내린 사람들 사이로 울렸다 사라지는 은색 호루라기의 소리를 듣는 일. "삐이. 삐이. 호이. 호이. 휘어." "삐잇. 잎스스스. 삐잇." "스스스스스스스." 이재은의 소설이 호루라기 소리를 채집하고 기록하며, 소설에 대한, 인간에 대한 질문을 멈추지 않기를. 그 채집과 탐문, 타진의 기록들이 아름답게 흩뿌려져 있는 첫 소설집의 상자를 축하하고 응원한다.

작가의 말

들어주는 마음이 먼저라고 생각했다, 알아주는 마음보다. 나 여기 있어, 라는 눈빛을 내보이면 '작은 사람들'은 어디에서든 떠들었다. 경비실에서, 택시에서, 바닷가에서, 그리고 트위터에서. 그들의 이야기를 전했다고 생각했는데 출판사에 넘길 원고를 들여다보다가 깜짝 놀랐다. 소설 곳곳에 내가 있었다.

등 뒤의 손닿지 않는 곳을 떠올리며 외로워하는 혜수 씨도(「팔로우」), 단 하루만 쓰고 말 이름을 짓는 소년 비도(「비 인터뷰」), 폭력적인 사내를 참아내고 술집에서 나오자마자 구토하는 앤도(「존과 앤」) 모두 나였다. 나는 헤드폰 쓴 사람들을 향해 호루라기를 불었고(「헤드폰」), 입주민을 찌르고 아파트 꼭대기로 올라갔으며(「가까운 그리고 시끄러운」), 술 냄새를 들키지 않으려고 자주 향수를 뿌렸다(「기억전쟁」).

이성애자인 술희를 그리워하면서 1인용 숙소로 들어가는 나(「완벽한 날들」), 이른 봄, 눈밭에 주저앉아 꺼억꺼억 울음을 쏟는 나(「눈꽃엔딩」), 불현듯 홀림의 감정에 사로잡혔다고 고백하는 나(「인턴」), 그들은 정말 나였을까?

나뿐이었을까?

빈 종이에 '다른 글'을 채우면서 시간을 보냈다. 모 대학 소식지 편집장으로 일했고, 모 예술회관 계간지 문학방 초대석 코너를 맡았다. 인터넷 신문사에 잠깐 근무한 적 있고, 그만둔 뒤에도 객원기자로 지냈으니 '인터뷰'라는 걸 질리게 붙잡고 있었던 셈이다. 청년기획자, 독립영화감독, 통신노동자, 시민단체활동가 등등을 만날 때마다 주목받는 자에게서 엿볼 수 있는 개별적 존재감에 탄복했는데, 한편으로 내 작품세계를 꾸리지 못하고 있다는 데 마음이 쓰렸다. 그리고 지난세밑, 느닷없이 팽 토라진 연인처럼 나는 인터뷰어로 나서지 않기로 결정했다. 그들을 불러들여 완성한 소설을 엮으려니 각별한 선물을 얻어든 기분이다.

*

언젠가는 되리라고 믿었으면서도 첫 소설집을 묶지 못할까봐 조마조마해 했다. 지난해에도 그랬지만 올해는 더 심했고 여름에 나는

거의 추락할 지경이었다. 발표작을 추려 출판사에 보내 출간 가능성
을 타진해보라는 주변의 충고를 한 귀로 듣고 한 귀로 흘린 뒤, 소설
을 썼다. 한 번만 더, 이번 여름까지만 해보고. 실패하겠지. 잘 안 되
겠지. 그럴 거야. 하지만. 실패를 예감하면서도 하지 않을 수 없었다.
쓸 수밖에 없다고 생각하면서 날마다 문장을 붙들고 있었다.

그리고 나는 지금 작가의 말을 쓰고 있다.
웬일인지 잘못한 일들만 떠오른다. 사랑하지 못했던 일들만.

인류는 이야기로 정보를 교환했다. "아래쪽은 위험하니까 가지
마.", "물소리를 따라 가면 먹이를 찾을 수 있을 거야." 이야기를 전
하고, 이야기에 귀 기울이는 일은 생존과 직결돼 있었다. 이야기를
궁리했던 우리는 살아남았다. 계속 살아남을 것이다. 심훈문학상
심사위원, 발문을 써준 정홍수 평론가와 아시아 편집부에 감사드
린다. 제대로 인사하지 못해 두고두고 마음 쓰였던 엄마, 여동생들,
제부와 두 조카에게도 사랑을 보낸다. 내가 존경하는 소설가는 이
렇게 말했다. 작가가 된다는 것은 '어떤 작품을 쓰는 것'이 아니라
'어떤 사람이 되는 것'이라고. 그렇게 나는 어떤 사람이 되고 싶다.

2019년 가을
이재은

수록 작품 발표 지면

팔로우 …… 《21세기문학》 2018년 겨울호
비 인터뷰 …… 중앙신인문학상 2015년 당선작, 『신춘문예당선소설집』(2016)
헤드폰 …… 《포항문학》 2016년호
가까운 그리고 시끄러운 …… 《황해문화》 2016년 봄호
인턴 …… 《한국소설》 2016년 9월호, 『신예작가』(2017)
존과 앤 …… 《문학과의학》 2016년 상반기
완벽한 날들 …… 《내일을여는작가》 2018년 하반기
눈꽃엔딩 …… 《학산문학》 2017년 봄호
기억전쟁 …… 《문예바다》 2016년 겨울호

비 인터뷰

2019년 11월 15일 초판 1쇄 펴냄

지은이 이재은 | **펴낸이** 김재범
편집 김지연 강민영 | **관리** 김주희 홍희표
디자인 나루기획 | **인쇄·제본** 굿에그커뮤니케이션 | **종이** 한솔PNS
펴낸곳 (주)아시아 | **출판등록** 2006년 1월 27일 | **등록번호** 제406-2006-000004호
전화 02-821-5055 | **팩스** 02-821-5057 | **이메일** bookasia@hanmail.net
주소 경기도 파주시 회동길 445(서울 사무소: 서울시 동작구 서달로 161-1 3층)
홈페이지 www.bookasia.org | **페이스북** www.facebook.com/asiapublishers

ISBN 979-11-5662-421-9 03810

*값은 뒤표지에 표시되어 있습니다.

이 도서의 국립중앙도서관 출판시도서목록(CIP)은 서지정보유통지원시스템 홈페이지(http://seoji.nl.go.kr)와
국가자료공동목록시스템(http://www.nl.go.kr/kolisnet)에서 이용하실 수 있습니다.(CIP 제어번호: CIP2019045048)

이 도서는 2018년도 아르코문학창작기금 지원사업에 선정되어 발간된 작품입니다.